Ce livre
appartient à

Fantômette

RETROUVEZ Fantômette DANS LA BIBLIOTHÈQUE ROSE

Fantômette au carnaval
Fantômette et la télévision
Fantômette et le château mystérieux
Fantômette et son prince
Fantômette et les 40 milliards
Les sept Fantômettes
Fantômette et la lampe merveilleuse
Fantômette contre Fantômette
Fantômette s'envole
Fantômette ouvre l'œil
Fantastique Fantômette
Fantômette brise la glace
Fantômette et le masque d'argent
Les exploits de Fantômette
Fantômette et le trésor du pharaon
Fantômette et la Dent du Diable
Pas de vacances pour Fantômette
Fantômette contre le hibou
Fantômette contre le géant
Fantômette en danger
Fantômette fait tout sauter
Mission impossible pour Fantômette
Fantômette et la maison hantée
Fantômette et la grosse bête
Fantômette à la Mer de Sable
Fantômette et le brigand

Georges Chaulet

Fantômette et le brigand

HACHETTE

Hachette Livre, 43, quai de Grenelle, 75015 Paris.

Chapitre 1

L'accident

Quand Francis écrasa la pédale du frein, il était trop tard... Lancé à toute allure, le camion quitta la route, franchit le talus et bondit dans le vide !

Francis était employé comme chauffeur dans une importante entreprise de camionnage, à Grenoble. Devant ses yeux, de jour comme de nuit, défilait le spectacle permanent du ruban gris de la route. Dans son dos, le chargement variait à chaque voyage. Il montait sur Paris avec des cageots de fruits, des légumes de Provence, des melons du Languedoc, des fûts d'huile pris à Marseille. Il rapportait des machines agricoles, de l'outillage, des matériaux de construction...

Francis faisait équipe avec Martin, un bon gros que les autres routiers avaient surnommé Patapouf. Si le premier était maigre et nerveux, le second

voyait son tour de ceinture s'élargir à chaque relais, qui était l'occasion de s'asseoir à une bonne table.

Ce jour-là, les deux hommes revenaient d'Italie. À Turin, ils avaient embarqué trois cents caisses de Rossini, un apéritif au quinquina. Leur lourd camion avait franchi la frontière à Montgenèvre, passé le col du Lautaret coiffé d'un chapeau neigeux, grimpé avec peine les pentes de la Grave...

La journée s'achevait. Le soleil d'automne plongeait vers la vallée du Rhône, entraînant de longues nuées rouges, pourpres, violettes, pendant que les creux se couvraient de voiles humides taillés dans un brouillard de plus en plus sombre, qui allait bientôt se confondre avec les ombres du crépuscule.

Le camion venait de passer une petite localité accrochée à flanc de montagne, Les Fréaux. Francis alluma les feux de position, changea de vitesse pour modérer l'allure du mastodonte qui s'engageait dans une série de courbes serrées, longeant la combe de Malaval.

« Une descente sinueuse comme des spaghettis », pensa le gros Patapouf. Et il songea à ces magnifiques plats de pâtes à la sauce tomate qu'il avait savourés à Turin. Il tourna la tête vers Francis.

« Dis donc, nous arrivons bientôt à Grenoble ? »

Le jeune homme jeta un coup d'œil sur la montre du tableau de bord.

« Patiente encore une bonne petite heure, et tu pourras dîner, gros gourmand !

— Oh ! là ! là ! Je commence à sentir une espèce de vide du côté de mon estomac. Ne t'endors pas, hein ?

— Pas question ! D'ailleurs, je ne vois pas comment je pourrais m'endormir avec une route qui se tortille comme celle-là ! »

Il conduisait attentivement, suivant de l'œil la ligne jaune continue qui scindait la route en deux bandes égales. Il y eut encore un vallonnement à passer, une nouvelle série d'épingles à cheveux, puis après un dernier tournant plus large, une longue ligne droite se présenta. Francis poussa un soupir, se carra sur son siège, demanda à son compagnon :

« Martin, tu veux me passer une cigarette ? Je crois qu'il en reste dans le vide-poches. »

Le gros Patapouf allongea le bras, prit un paquet dans le casier du tableau de bord, et en sortit une cigarette.

C'est alors qu'une chose incroyable se produisit. Brusquement, sans que rien n'ait pu le laisser prévoir, *la route disparut.* Devant le

capot, il n'y eut plus qu'un trou noir, un vide complet ! Francis poussa un cri, freina de toutes ses forces, machinalement, sans comprendre ce qui se passait...

Pendant quelques secondes qui parurent interminables, le camion resta suspendu dans l'air, planant comme un avion, tandis que les passagers avaient le souffle coupé. Puis il se produisit une secousse violente, un bruit déchirant de ferraille grinçante et de tôles froissées !... Le camion rebondit plusieurs fois, agitant Francis et Martin comme des pantins. Un des phares se brisa et s'éteignit. Le moteur s'emballa, rugit, puis cala net. Après un dernier soubresaut, le lourd véhicule s'immobilisa obliquement, presque couché sur le côté.

Un moment s'écoula, qui fut nécessaire aux deux hommes pour leur permettre de reprendre leurs esprits. Francis se tâta les bras et les côtes, fit jouer prudemment ses articulations pour s'assurer qu'il n'était pas blessé. Le gros Patapouf tira un mouchoir de son blouson de cuir, s'essuya le front en grommelant :

« Eh bien, mon vieux ! Tu parles d'un choc !... Qu'est-ce qui s'est passé ?

— Je voudrais bien le savoir !... »

Francis repoussa la porte, se laissa glisser à terre

en essayant de percer du regard la nuit noire. La lueur du phare resté allumé l'aida à distinguer les alentours. Le camion gisait à mi-pente, sur le flanc d'une colline rocailleuse, parsemée de buissons. Il avait parcouru trente ou quarante mètres sur cette déclivité avant de s'arrêter, freiné par un amoncellement de pierres et d'éboulis.

Le jeune homme leva les yeux vers le haut de la pente, cherchant à comprendre pour quelle raison son engin avait quitté la route. Et ce qu'il aperçut le stupéfia.

« Martin ! Martin, regarde !... »

Le gros routier s'était extirpé de la cabine avec beaucoup de difficulté, lançant mille malédictions pour exprimer son mécontentement. Lui aussi leva les yeux. Puis il poussa un cri de surprise :

« Par exemple ! Oh ! par exemple !...

— Tu vois bien la même chose que moi, hein, Martin ?

— Je vois *un tournant.*

— Oui. Je ne sais pas comment ça a pu se produire, mais nous avons raté le virage. »

Une voix s'éleva alors dans la nuit :

« Oui, messieurs, vous avez raté le virage. »

Les camionneurs se retournèrent. L'éclat blanc d'une lampe électrique les éblouit. La voix ordonna :

« Mettez-vous de côté, par ici, croisez vos mains sur la tête, et ne bougez plus. Si vous restez tranquilles, il ne vous arrivera rien de fâcheux. Sinon, nous vous enverrons la tête la première au fond d'un ravin... »

Chapitre 2

Aventures en perspective

« Une et... deux ! Une et... deux ! Élévation des bras avec flexion des genoux... Une et... deux ! Tendez bien les bras ! Une et... deux ! Une et... deux ! Ces... sez ! Et maintenant, circumduction du tronc en respirant très fortement ! Un, lentement... deux ! Un... deux ! Faites le mouvement à fond... Un... deux !... »

Debout devant sa fenêtre, Fantômette obéissait en cadence aux ordres que lui lançait, par l'intermédiaire d'un transistor, le professeur de culture physique du *Matin athlétique*. Elle était pieds nus, vêtue d'un collant noir, ses cheveux bouclés voletant autour du visage. Pendant vingt minutes chaque jour, elle assouplissait en musique son système musculaire et développait sa capacité respiratoire pour conserver une forme parfaite,

indispensable à la vie mouvementée qu'elle menait.

Quand le professeur radiophonique eut terminé sa séance de flexions, de torsions et d'élongations, Fantômette se mit sous la douche en chantonnant. Puis elle fit chauffer une casserole d'eau minérale pour préparer le café, écoutant d'une oreille distraite le bulletin d'informations. Elle s'apprêtait à verser l'eau sur du café soluble, quand une annonce bizarre interrompit son geste.

*« De Grenoble nous parvient une nouvelle assez surprenante. Depuis quelque temps, la Savoie sert de théâtre aux exploits d'un individu qui se fait appeler Mandrin. On sait que le brigand Louis Mandrin vivait dans les Alpes au XVIII*e *siècle. Le nouveau bandit semble agir exactement comme son illustre prédécesseur. Il vole ou pille. Hier soir, deux routiers qui revenaient d'Italie avec un chargement d'alcool ont été assaillis par la bande du moderne Mandrin à environ soixante kilomètres de Grenoble. Les voleurs se sont emparés d'un chargement de caisses d'apéritif avant de se volatiliser dans la nuit. Depuis quinze jours, c'est le troisième attentat de ce genre qui se produit dans cette région. Le premier a eu lieu à Briançon, où une perception a été dévalisée, et le second près*

de Monêtier-les-Bains, où la voiture d'un encaisseur a été attaquée... Voici maintenant quelques nouvelles de l'étranger... »

Fantômette éteignit le poste, prépara son café, coupa des tranches de pain pour les faire griller. Elle réfléchissait.

« Un bandit de grands chemins qui attaque les voyageurs ? Il y a bien longtemps que cela n'est pas arrivé ! Nous ne sommes plus à l'époque des détrousseurs à chapeau pointu qui vous mettaient un tromblon sous le nez en criant : "La bourse ou la vie !" À moins que celui-ci n'ait voulu remettre au goût du jour les bonnes vieilles méthodes ?... Je me demande s'il possède un chapeau pointu ? »

Ces réflexions furent interrompues par la sonnerie du téléphone. Fantômette décrocha.

« Allô ? J'écoute... Ah ! c'est vous, Œil-de-Lynx ? Contente de vous entendre... Quoi de neuf ? »

Œil-de-Lynx était journaliste à *France-Flash.* En compagnie de l'intrépide jeune fille, il avait mené une enquête fort dangereuse dont le résultat s'était traduit par la capture du Furet[1].

Il demanda avec précipitation :

1. Voir *Pas de vacances pour Fantômette.*

« Êtes-vous au courant de ce qui se passe en ce moment dans le Dauphiné et la Savoie ?

— Le nouveau Mandrin ?

— Oui.

— Je viens justement d'entendre le bulletin d'informations, et je me demandais si je n'irais pas voir quelle tête a le bonhomme...

— Bravo ! C'est exactement ce que j'allais vous proposer. Mon journal veut que j'aille faire un reportage là-bas, et je peux vous emmener si vous en avez envie...

— Si j'en ai envie ? Bien sûr ! Je saute sur l'occasion. Merci d'avoir pensé à moi.

— Bon. Alors, rendez-vous à quatorze heures, au carrefour des Quatre-Branches.

— Vous avez toujours la 2 CV ?

— Non. Le directeur me prête une voiture de sport italienne. Un engin effroyable ! Vous verrez ça...

— Très bien. Ah ! j'oubliais... Il y a combien de places dans votre bolide ?

— Plus ou moins quatre, si l'on peut dire... Deux sièges-baquets et une petite banquette où l'on arrive à se caser si l'on suit un régime jockey. Pourquoi ? Vous voulez emmener quelqu'un ?

— Oui, si cela ne vous ennuie pas trop...

— Du tout. Qui est-ce ?

— Deux amies à moi... »

Au bout du fil, Œil-de-Lynx se mit à rire.

« Ah ! je vois de qui il s'agit. Vos deux copines habituelles, n'est-ce pas ?

— Oui. L'une d'elles a été malade récemment et l'air de la montagne lui fera du bien. L'autre se porte comme un charme, mais du fait qu'elles sont inséparables, il faut prendre les deux ou aucune...

— Venez toutes. "Plus on est de fous, plus on rit", dit le proverbe chinois... ou turc. Alors, c'est entendu, au carrefour à quatorze heures ?

— Entendu. À tout à l'heure ! »

Elle raccrocha. En passant devant une glace, elle cligna de l'œil malicieusement vers son image. Les choses s'arrangeaient à merveille. Elle allait se lancer dans une nouvelle enquête, une aventure qu'elle imaginait déjà pleine de mouvement, de rebondissements, de périls... Oui, il y aurait sans doute du danger, mais quel combat en perspective !

« Je sens que l'on va s'amuser ! Mais en attendant, je voudrais bien en savoir un peu plus long sur le fameux Mandrin... »

Elle se dirigea vers la bibliothèque. Une bibliothèque bien fournie. Des livres, il y en avait de toutes sortes, du plancher au plafond. Des grands, des petits ; des collections plates, brochées ; des

volumes reliés de cuir, des albums illustrés de photos...

« Si j'ai bonne mémoire... il doit se trouver dans ce coin un bouquin à couverture verte... Ah ! il se cache derrière mon dictionnaire d'arabe... »

Elle retira de l'étagère un livre relié de vélin chlorophylle, portant un titre gravé en lettres d'or : *Histoire des brigands,* et le feuilleta rapidement. Chaque chapitre était consacré à un bandit célèbre : Cartouche, Vidocq, Compère Guilleri, Fra Diavolo, Gaspard de Besse... Mandrin.

« Voyons un peu qui était ce bonhomme... »

Elle s'assit dans un confortable fauteuil rembourré, se plongea dans la lecture.

Louis Mandrin est né dans le Dauphiné, à Saint-Étienne-de-Saint-Geoirs, en 1724. Pendant sa jeunesse, il aida son père qui achetait ou vendait des chevaux, louait des terres, des prairies. À dix-sept ans, il fait le commerce des mulets, dont il fournit un grand nombre à l'armée. Mais au cours d'un voyage malheureux vers l'Italie, son troupeau est décimé par la maladie. Voilà Mandrin ruiné. Alors, il se lance dans la contrebande du tabac, du sel, des étoffes de soie, qu'il fait circuler à travers la frontière qui séparait alors la France et la Savoie.

Mais bientôt la contrebande ne lui suffit plus. Il s'attaque aux commis de la Ferme. C'est ainsi que l'on nommait sous l'Ancien Régime les employés chargés de collecter les impôts ou fermages. On peut les comparer à nos percepteurs actuels. Mandrin dévalise les bureaux des commis, et, avec l'argent ainsi obtenu, il entretient une petite armée qui fait bientôt la loi dans le Dauphiné, la Savoie et la vallée du Rhône...

Pendant une heure entière, Fantômette étudia la vie de l'illustre contrebandier, en cherchant sur une carte les lieux de ses exploits. La plupart s'étaient produits aux alentours de Grenoble, Chambéry ou Valence. C'est à peu près dans cette zone qu'opérait son moderne successeur. Elle prit quelques notes sur un petit carnet noir, puis s'occupa de faire sa valise. Il lui restait encore un moment avant de déjeuner. Elle sauta sur sa minuscule moto japonaise, se rendit à la piscine et nagea le crawl sur dix longueurs de bassin.

Chapitre 3

Ficelle est bien armée

« Ce n'est pas une auto, dit Ficelle, c'est un avion sans ailes ! »

Le cabriolet rouge grand sport fonçait sur la nationale 6. Les bornes kilométriques défilaient à la cadence des balles d'une mitraillette, et les noms de villages passaient si vite qu'ils étaient parfaitement illisibles. Françoise murmura :

« À ce train-là, nous serons en Chine dans un quart d'heure ! »

Elle était assise à côté d'Œil-de-Lynx qui écrasait l'accélérateur mais tournait le volant du bout des doigts, nonchalamment, sourire aux lèvres. Derrière, tassées sur l'étroite banquette, la grande Ficelle et la grosse Boulotte avaient déplié une carte routière et s'efforçaient de reconstituer l'itinéraire parcouru. Ficelle, d'après des calculs fort compliqués, portant sur les distances, l'horaire, la vitesse et la pression atmosphérique, estimait qu'on avait franchi Varennes. Boulotte, se fiant à son estomac, était d'un avis contraire :

« Si nous étions passés par Varennes, j'aurais sûrement reconnu la ville. C'est là que se trouve *Le Coq hardi* où j'ai dégusté, une fois, des merveilleuses écrevisses à la nage. »

Ficelle secoua la tête.

« Nous avons dépassé Varennes. Maintenant, nous allons vers Lapalisse. Et nous ne pouvons pas être à Lapalisse avant d'y avoir été. C'est une vérité de La Palice ! »

Très fière d'avoir trouvé ce jeu de mots hautement spirituel, la grande Ficelle s'empressa de le répéter une bonne douzaine de fois, pour le cas où quelqu'un n'aurait pas compris. Boulotte réussit à l'interrompre :

« Ficelle, pourrais-tu attraper mon petit sac écossais ?

— Heu... Ça ne va pas être facile... J'ai une patte coincée dans la poignée... Je ne peux pas plus remuer qu'une momie. »

La grosse fille insista :

« Écoute, fais un effort ! Il est quatre heures... J'ai absolument besoin de ce sac.

— Pourquoi ? Je ne vois pas le rapport avec l'heure qu'il est !

— Pourtant le rapport est énorme. Dans ce sac, il y a mon goûter. Un formidable sandwich stratifié. »

Devant cette raison péremptoire, Ficelle dut s'incliner. C'est-à-dire se mettre debout, au risque d'être emportée par le vent de la course. Alors, la gourmande Boulotte put atteindre son précieux sac écossais et en extraire le sandwich stratifié. Cette merveille gastronomique comportait, entre de multiples tranches de pain beurré, des couches alternées de jambon, de saucisson, de pâté et de poulet froid. L'idée de ce super-sandwich était venue à Boulotte en classe de géographie. L'institutrice, Mlle Bigoudi, faisait un cours sur la formation géologique du Bassin parisien. Elle avait tracé au tableau différentes couches de sédiments sous forme de bandes colorées. En rouge pour le calcaire du Secondaire, en jaune pour le Tertiaire, en bleu pour le Quaternaire. Au-dessus, les marnes étaient en brun et la terre végétale en vert. Ravie par cette superposition de lignes colorées, Boulotte s'était promis de réaliser, à la première occasion, une structure analogue avec des matières comestibles. Et l'occasion venait justement de se présenter.

Elle exhiba fièrement le sandwich géologique, le fit admirer, puis le mangea avec une vive satisfaction.

Pendant que Boulotte occupait ainsi les loisirs du voyage, Françoise feuilletait un livre à couverture verte.

« Qu'est-ce que c'est ? demanda Œil-de-Lynx. Un guide touristique ?

— Non. C'est un bouquin où l'on parle de Mandrin.

— Ah ! vous vous documentez sur la question ? Bonne idée ! Cela va peut-être m'aider à faire mon reportage. Dans quelle région opérait-il ?

— Il a commencé aux alentours de Grenoble, puis a étendu son action dans la Bresse, du côté de Beaune, et dans les Cévennes jusqu'à Rodez.

— Tiens ! Le nouveau bandit a lui aussi débuté près de Grenoble. Il est probable que nous le rencontrerons quelque part dans les Alpes centrales.

— Oui, mais comment faire pour lui mettre la main dessus ? Je doute fort qu'il se promène au grand jour, comme son modèle...

— Comment ? Mandrin ne se cachait donc pas ? »

Françoise fit un geste négatif.

« Pas tout le temps. Quand il se trouvait à la tête de sa petite armée, il entrait ouvertement dans

les villes en se faisant accompagner par des joueurs de fifre et de tambour...

— Pas possible ? Il soignait sa publicité ! Et quand il était entré dans une ville, que faisait-il ?

— Eh bien, les choses se passaient toujours de la même façon. Il allait tout droit à la perception du coin, se faisait remettre le montant de la caisse. Puis il se rendait à la prison et libérait tous ceux qui étaient là pour n'avoir pas pu payer leurs impôts !

— Ma foi, c'était un drôle de particulier, ce Mandrin !

— Attendez, ce n'est pas tout. Quand il avait libéré les prisonniers, il s'installait sur la place principale de la ville, déballait les marchandises de contrebande que ses mulets transportaient, et il vendait à bas prix de l'alcool, du sel ou des tissus. Après quoi, il rassemblait ses hommes, leur faisait faire un quart d'heure d'exercice devant la population pour montrer qu'ils manœuvraient parfaitement, puis il s'en allait et disparaissait dans la montagne avant l'arrivée des gendarmes ! Vous l'avez dit, c'était un drôle de particulier !... »

En bavardant de la sorte, les passagers écourtèrent le temps du voyage, déjà fort réduit par la prodigieuse vitesse de la voiture. En début de soirée, on parvint à Lyon, capitale mondiale de la gastronomie, comme le fit remarquer Boulotte. Mais Œil-de-Lynx n'était pas venu là pour déguster les spécialités lyonnaises, et il traversa la ville en coup de vent, pour s'enfoncer dans le massif alpin. Le bolide roula pendant une bonne heure encore, puis finalement s'arrêta à Beaurepaire d'Isère. L'*Hôtel des Pics* accueillit les voyageurs. Nouvellement construit, il s'élevait en bordure de la petite ville. De sa terrasse, on apercevait, vers l'est, la ligne dentelée des Alpes.

À peine installés, nos héros entreprirent d'interroger l'hôtelier dans l'espoir d'obtenir quelque indication qui pût leur permettre de rencontrer le nouveau brigand. Le patron était bedonnant et moustachu. Il tapota son ventre en réfléchissant, tira sur sa moustache pour mieux concentrer sa pensée, puis répondit posément :

« Voyez-vous, il me paraît difficile de trouver le petit Mandrin, comme nous l'appelons par ici. Oui, difficile. Il fait des coups de main à droite et à gauche, voyez-vous ? Il dévalise une perception par-ci, par-là, puis il disparaît. Voyez-vous, les cachettes sont nombreuses dans la montagne.

— Cependant, dit le reporter, notre homme ne doit pas être bien loin ? Si nous sommes venus ici,

c'est justement parce que son dernier vol s'est produit dans cette région.

— Oui, voyez-vous, je comprends bien. Mais il ne reste pas sur place, le gars ! Sinon, bien sûr, les gendarmes le cueilleraient aussitôt. Mais ils arrivent toujours trop tard. Tenez, au début de l'après-midi, il y a quatre heures à peine, Mandrin a dévalisé une banque. La radio vient de l'annoncer...

— Comment ? Aujourd'hui encore !

— Eh oui. Voyez-vous, il ne dort pas... Eh bien, la police est venue une demi-heure plus tard. Il avait eu le temps de remplir ses poches !... En attendant, vous restez à dîner ?

— Bien sûr.

— C'est parfait. J'ai un excellent saumon de fontaine, voyez-vous ? Vous m'en direz des nouvelles ! »

Ainsi donc, le moderne brigand ne perdait pas une minute. Sans arrêt, il attaquait, frappait, dévalisait. Françoise sourit.

« S'il continue à ce rythme-là, il aura mis à sac les Alpes entières d'ici une semaine ou deux !

— C'est vrai, dit Œil-de-Lynx, il m'a l'air d'avoir un toupet inouï ! Ce n'est pas un mince adversaire... »

Tout en dégustant le saumon, ils tentèrent de

mettre au point un plan d'action. Mais par où fallait-il commencer ? Œil-de-Lynx bourra sa pipe, l'alluma et demanda :

« Avez-vous une idée sur ce que nous pourrions faire ?

— À mon avis, dit la grande Ficelle, il faudrait nous poster à l'entrée de toutes les perceptions de la Savoie et du Dauphiné. Quand le petit Mandrin viendrait pour les dévaliser, nous lui sauterions dessus ! »

Françoise ne put s'empêcher de rire.

« Il est très pratique, ton système ! À nous quatre, nous allons surveiller les centaines de perceptions des départements alpins ! »

Vexée, Ficelle haussa les épaules.

« Eh bien, trouve autre chose, puisque tu es si maligne !

— Oh ! moi, pour l'instant, je n'ai aucune idée. Mais je suppose que nous pourrions nous rendre dans les villes où il a opéré, et nous renseigner auprès des gendarmeries. Nous obtiendrons peut-être quelque indice qui nous mettra sur la voie... »

Œil-de-Lynx approuva.

« Bonne méthode. Demain matin, nous irons faire un tour à Grenoble. La préfecture nous donnera sans doute quelques tuyaux... »

Rêveuse, la grosse Boulotte mélangeait du sucre

en poudre avec des petits-suisses. Elle dit en souriant :

« Ce serait rigolo s'il attaquait des épiceries ou des confiseries... Ça m'amuserait, moi, d'attaquer un confiseur... Je lui mettrais un pistolet sous le nez et je crierais : "Le chocolat ou la vie !"

— Eh bien, dit Ficelle, tu pourras le faire quand tu voudras. Je te prêterai le revolver que j'ai emporté. »

Œil-de-Lynx sursauta.

« Comment, Ficelle, vous avez un revolver ?

— Oh ! pas un vrai. Il est en plastique, mais bien imité. C'est mon cousin Thierry qui l'a oublié à la maison. Je m'en servirai pour capturer le petit Mandrin. »

Elle prononça cette dernière phrase avec un tel air de sérieux et un ton si convaincu qu'Œil-de-Lynx n'osa pas se moquer d'elle. Il se contenta de saluer d'un signe de tête l'annonce de cet ambitieux programme. Puis il proposa de quitter la table.

Dans la salle du restaurant, un poste de radio faisait entendre en sourdine la musique d'un émetteur régional. À l'instant où la petite équipe se levait, un bulletin spécial d'informations fut diffusé. Le speaker annonçait :

« Le moderne Mandrin vient encore une fois de faire parler de lui. On sait qu'il a attaqué une banque de Grenoble au début de l'après-midi. Nous apprenons à l'instant même qu'il a forcé les portes de la prison de cette ville et libéré tous les détenus. Nous n'avons pas d'autres détails pour l'instant, mais nous vous tiendrons au courant dès que nous aurons de plus amples informations. »

« Eh bien ! s'exclama Œil-de-Lynx, j'ai l'impression que le nouveau Mandrin suit les traces de l'ancien ! Lui aussi ouvre les portes des prisons.

— C'est vrai, dit Françoise, il copie exactement les méthodes de son modèle. Décidément, j'éprouve de plus en plus l'envie de le rencontrer. Ce doit être un type très intéressant à connaître !

— Moi aussi, dit Ficelle, je voudrais bien le voir. Je suis sûre qu'il me ferait horriblement peur... »

Elle marqua une pause, tortilla ses cheveux filasse et ajouta avec un frémissement dans la voix :

« J'adore avoir peur ! »

Chapitre 4

Où est Mandrin ?

Fatigués par leur voyage éclair, les quatre amis dormirent comme un troupeau de marmottes. La nuit fut paisible, sans le moindre incident. Mais après qu'une agréable odeur de café au lait des Alpes les eut éveillés, ils apprirent par les journaux du matin une nouvelle démontrant que tout le monde n'avait pas aussi bien dormi qu'eux.

Le petit Mandrin venait encore une fois de se manifester. Une autre perception, celle de Saint-Marcellin, avait été dévalisée, ainsi qu'un débit de tabac.

« Décidément, dit Ficelle, notre homme ne chôme pas !

— Oui, approuva Œil-de-Lynx, il semble avoir une bande bien organisée. S'il continue de la sorte, il va ratisser tout le Dauphiné. »

Le reporter et les trois jeunes filles prenaient leur petit déjeuner sur une terrasse d'où le regard découvrait le relief découpé de la Grande Chartreuse. Vers la droite s'élevaient les monts Saint-Gervais qui cachaient Grenoble. Quelque part au creux de ces vallées ou sur le flanc de ces monts, un bandit rééditait les exploits prodigieux qui terrorisaient les argoulets (les gendarmes à cheval) du XVIIIe siècle, ou soulevaient l'enthousiasme des petites gens envers lesquels Mandrin se montrait toujours charitable.

Ficelle fit claquer ses doigts nerveusement.

« C'est tout de même agaçant, de penser qu'il se trouve peut-être à portée de la main, tout près d'ici, et que nous ne savons pas où !...

— Il faut faire confiance au hasard, dit Œil-de-Lynx. C'est le grand ami des journalistes.

— Ah ! s'exclama Ficelle, je voudrais bien que ce soit aussi mon ami. Mais quand on me pose une question à l'école et que je réponds au hasard, ça ne marche jamais ! Tenez, l'autre jour, la maîtresse m'a demandé où se trouvait Moscou. À tout hasard, j'ai dit : "En Italie." Eh bien, vous me croirez si vous voulez, mais ce n'était pas la bonne réponse ! »

Œil-de-Lynx avait étalé sur la table une carte de

la région. Il pointa les noms des localités visitées par le moderne brigand.

« Nous allons commencer par l'endroit où il a mené sa dernière attaque, Saint-Marcellin. C'est à une quarantaine de kilomètres d'ici. Vous m'accompagnez ?

— Oui, oui ! » s'écrièrent Boulotte et Ficelle.

Françoise fut d'un autre avis.

« J'ai envie de faire un peu d'exercice en me promenant dans les environs. C'est bien une bicyclette que vous avez dans votre voiture ? »

Le jeune homme leva un sourcil.

« Tiens, tiens... Vous l'avez repérée ?

— Oui, quand vous avez sorti votre valise du coffre.

— C'est entendu, vous pouvez la prendre. Mais je ne crois pas que la région soit bien fameuse pour faire du vélo. Ce ne sont pas les côtes qui manquent !

— Justement, je veux me dégourdir les muscles. »

La bicyclette fut extraite du coffre. C'était un modèle extra-léger, repliable, muni de roues minuscules. Françoise eut vite fait de la déplier et de la mettre en état de marche. Elle l'enfourcha, fit un petit salut de la main en criant : « À tout à l'heure ! » et disparut.

Œil-de-Lynx se tourna vers les deux autres filles.

« À nous de partir, maintenant. Vous êtes prêtes ? »

Elles étaient tellement prêtes qu'elles se précipitèrent pour occuper le fauteuil à droite du conducteur. Ficelle rugit :

« C'est moi qui me mets là ! Il faut que je sois bien placée pour voir arriver Mandrin de loin !

— Et moi, dit Boulotte, j'ai besoin d'être assise confortablement pour digérer à mon aise !

— Allez, pousse-toi !

— Enlève-toi de là ! »

Elles allaient probablement finir par se tirer les cheveux, quand Œil-de-Lynx leur proposa une solution géniale :

« Jouez à pile ou face. La gagnante s'installera devant, et, quand nous reviendrons de Saint-Marcellin, elle se mettra derrière.

— Bonne idée ! dit Ficelle. Mais je ne sais pas si je vais choisir pile ou au contraire face... Qu'est-ce que tu prends, Boulotte ? Face ou pile ?

— Heu... Je ne sais pas très bien... »

Œil-de-Lynx leva les bras au ciel.

« Nous n'allons jamais en finir ! Boulotte, puisque vous venez de déjeuner, mettez-vous devant. Ficelle prendra votre place tout à l'heure. »

Ficelle dut s'incliner. Elle bouda pendant dix bonnes secondes, le temps que l'on se mette en route. Puis son esprit fut occupé par un problème plus important : découvrir Mandrin. Elle prit à la main son revolver de plastique et se tint prête à repousser une attaque éventuelle, scrutant les bas-côtés de la route, observant d'un œil soupçonneux les taillis, les fourrés ou les irrégularités du sol qui pouvaient cacher une escopette, l'arme favorite des bandits de grands chemins.

Mais, hélas ! aucune embuscade ne se produisit. La voiture parvint sans encombre jusqu'à Saint-Marcellin, s'arrêta devant la gendarmerie. Le brigadier Jonquille reçut avec empressement ce journaliste venu spécialement de Paris pour enquêter dans la petite ville. Il expliqua :

« Depuis cette nuit, c'est le grand chambardement chez nous. Les Marcellinois vivaient tranquilles depuis des années, mais tout est changé. Et pour nous, les gendarmes, plus de repos. Ce matin, mes hommes et moi avons fait trois rondes et rempli un rapport en six exemplaires. Ah ! nous sommes débordés de travail ! Tant que le petit Mandrin ne sera pas sous les verrous, nous ne dormirons pas !

— Que s'est-il passé exactement ? »

Œil-de-Lynx avait sorti un carnet, imité par Ficelle qui se tenait prête également à prendre des notes.

« Ce qui s'est passé ? À peu près la même chose que dans les villes précédentes. Le petit Mandrin est arrivé en force avec ses hommes... Ils sont entrés dans la recette-perception et ont emporté l'argent contenu dans un coffre-fort pas très solide d'ailleurs...

— Une sorte de coffre-faible ? demanda Ficelle.

— Si vous voulez. Ensuite, ils ont défoncé la vitrine du tabac qui est au coin de la rue.

— À quelle heure ? fit le reporter.

— C'était hier soir, un peu avant minuit.

— Ils ont dû faire du bruit ! Vous ne les avez pas entendus ?

— Oh ! si... Mais ils ont agi tellement vite que nous n'avons pas pu les coincer.

— Et personne ne les a vus ?

— Non, je ne pense pas. À cette heure-là, tout le monde dort, à Saint-Marcellin.

— Vous n'avez pas une idée sur l'endroit où les voleurs sont allés ? Ils ne se cachent pas dans la région ?

— Si, vraisemblablement. Ils doivent être quelque part dans la vallée de l'Isère... dans le Grésivaudan ou plus à l'ouest, vers le Rhône ;

dans tout le secteur qui entoure Saint-Étienne-de-Saint-Geoirs, la ville natale de Mandrin. »

Le brigadier pointa un doigt sur une carte d'état-major fixée au mur.

« Tenez ! C'est à vingt-quatre kilomètres d'ici, juste au nord. Vous pouvez aller y faire un tour, si vous voulez... »

Il hocha la tête, tira sur sa moustache.

« À dire vrai, je ne crois pas que ça vous avancera beaucoup... Nos voleurs peuvent être partout... ou n'importe où. Ah ! les cachettes ne manquent pas ! La forêt de Thivolet ou de Chambarand... le massif de la Chartreuse... le plateau du Vercors... Autant chercher un brin de paille dans une meule, comme disait ma grand-mère ! »

Les reporters ne pouvaient rien apprendre de plus. Ils prirent congé du brigadier et remontèrent dans la voiture. Une demi-heure de parcours sur une départementale sinueuse les conduisit à Saint-Étienne-de-Saint-Geoirs. Là, ils virent la *maison de Mandrin,* une antique bâtisse dont l'étage unique reposait sur des arcades de pierre, mais cela ne leur donna aucune indication sur la cachette du Mandrin contemporain. Ils repartirent vers Beaurepaire. En cours de route, Œil-de-Lynx médita sur la teneur de l'article qu'il devait faire parvenir à *France-Flash.* Il remplacerait les informations qui lui faisaient défaut grâce à quelques vieux trucs de métier. D'abord, un titre alléchant. Par exemple : « Bouleversant mystère dans le Dauphiné », ou « Terreur sur les Alpes ! », ou encore « Le super-bandit sera-t-il découvert ? ». Puis il énumérerait les diverses agressions commises par les brigands et compléterait avec quelques anecdotes empruntées à la vie du vrai Mandrin, que Françoise pourrait certainement lui fournir.

S'étant ainsi mis l'esprit en repos, il put faire montre de patience lorsqu'un convoi de camions militaires lui barra la route. Mais Ficelle n'aimait pas attendre. Elle grogna :

« Au lieu de se promener dans la nature, ils feraient mieux de pourchasser Mandrin ! »

Boulotte n'était pas contente non plus.

« S'ils nous bouchent le passage pendant longtemps, nous serons en retard pour le déjeuner ! »

Le convoi finit quand même par passer, et le coupé sport reprit sa course. À midi, il était de retour à Beaurepaire d'Isère.

La première personne que les reporters aperçurent en revenant à l'hôtel fut Françoise. Elle se trouvait confortablement installée sur une des chaises longues de la terrasse. Les yeux protégés par des lunettes noires, elle relisait l'*Histoire des brigands* en sirotant du jus de raisin frais.

« Alors, demanda-t-elle, vous avez fait bonne chasse ?

— Non, dit Œil-de-Lynx, nous revenons bredouilles. On dévalise des perceptions ou des tabacs, mais les coupables courent encore. Et vous ?... Du nouveau ?

— Pas grand-chose. J'ai fait quelques kilomètres sur votre bicyclette — qui aurait bien besoin d'un petit moteur auxiliaire.

— Je vous avais prévenue que vous trouveriez des côtes à grimper.

— C'est vrai, j'en ai trouvé. Mais je ne regrette pas d'avoir tricoté des mollets, comme disent les coureurs.

— Jusqu'où êtes-vous allée ? »

Françoise désigna un épais massif boisé qui s'arrondissait en coupole.

« Là-bas. Cela s'appelle la forêt de Saint-Bonnet. La route grimpe gentiment. En voiture, ce n'est rien du tout, mais à bicyclette !... Quand j'en ai eu assez de pédaler, j'ai continué à pied. J'ai marché à travers bois en cherchant des champignons.

— Oh ! des champignons ! coupa Boulotte, tu en as trouvé ? J'adore ça ! Surtout les cèpes, avec de l'ail et du persil...

— Non, je n'en ai pas vu. Pourtant c'est bientôt

la saison. Je me suis promenée pendant un quart d'heure sous les arbres, puis j'ai été arrêtée par une barrière de barbelés.

— Une propriété privée, sans doute ? demanda Œil-de-Lynx.

— Pas tout à fait. En longeant la clôture, j'ai trouvé une plantation d'écriteaux : *Secteur militaire, Entrée interdite, Champ de tir, Terrain de manœuvres, Zone d'essais balistiques*... que sais-je ! C'est un endroit où apparemment on n'a pas le droit d'aller ! De loin, j'ai aperçu un groupe de soldats qui montaient la garde. Il doit y avoir des batteries de fusées dans ce coin-là.

— Alors, vous avez fait demi-tour ? »

Françoise but une gorgée de jus de fruits avec une paille.

« Non, j'ai fait encore un bout de chemin et je suis sortie de la forêt. Après avoir traversé un pré bourré de moutons, j'ai bavardé avec le petit berger qui les gardait. Une conversation bien curieuse... »

D'un même mouvement, Boulotte, Ficelle et Œil-de-Lynx se rapprochèrent pour mieux entendre...

Chapitre 5

La théorie de Françoise

« J'ai commencé par lui parler de la pluie et du beau temps, bien sûr, pour le mettre en confiance. Puis, à tout hasard, j'ai prononcé le nom de Mandrin. Alors, il a regardé autour de lui en mettant un doigt sur ses lèvres et il m'a dit à voix basse :

"Chut ! Ne parlez pas de lui ! C'est défendu ! On n'a pas le droit ! Le Maître ne veut pas..."

« J'ai demandé de quel maître il s'agissait. Le petit berger a alors bredouillé :

"Lui ! lui ! Celui qui a un gilet rouge !... Il nous défend de dire... Allez-vous-en ! Allez-vous-en ! Il sait tout... Il voit tout... Il est partout... sous l'herbe, dans les arbres... Partez, partez vite ! Sinon, gare à vous !"

« Il m'a tourné le dos, a sifflé son chien et s'est

éloigné en emmenant son troupeau. Alors, je suis revenue ici. »

Œil-de-Lynx réfléchissait.

« Qui voulait-il désigner en parlant du Maître ?

— Mandrin. Il a dit : “l’homme au gilet rouge”. Or, Mandrin avait toujours un gilet de cette couleur. Il est probable que son successeur l’a adopté également.

— Le petit berger serait donc au service du brigand ?

— C’est possible. Mais comment le savoir avec certitude ? Il semble effrayé.

— Il faudrait tirer tout ça au clair. En attendant, je vais envoyer un premier article à *France-Flash.* Nous allons le mettre au point après déjeuner.

— Ah ! le déjeuner, c’est le meilleur moment de la journée ! » conclut Boulotte.

Le petit groupe passa à table. Après le gratin dauphinois et la tomme savoyarde, Boulotte se rendit dans sa chambre pour y faire une sieste digestive, et Ficelle se rendit en ville avec l’espoir de trouver un magnifique souvenir de la région au bazar du coin. Ledit bazar était fermé à cette heure ; elle modifia ses plans et décida de monter la garde devant le bureau de tabac, au cas où Mandrin viendrait l’attaquer.

Pendant que la grande fille veillait ainsi au salut de la Régie des tabacs et allumettes, Françoise aidait Œil-de-Lynx à rédiger un « papier ». Le reporter s'était installé dans un salon-fumoir avec sa machine à écrire. Il demanda :

« À part son gilet rouge, Mandrin portait-il un costume particulier ?

— Oui. Il était toujours vêtu d'un habit en drap gris, fermé par quatre gros boutons de cuivre. Il portait des culottes de peau boutonnées au genou et ornées de broderies, des bottes de cuir, et une grosse ceinture de cuir également, dans laquelle il glissait un couteau de chasse et deux pistolets. Il avait aussi un fusil à canon très long.

— Bon. Et comme coiffure ?

— Une sorte de tricorne noir dont il rabattait un bord sur son front. Il avait aussi un foulard de soie blanche autour du cou.

— Bien. J'inscris tout cela. Est-ce que votre *Histoire des brigands* donne des détails sur son aspect physique ?

— Oui. C'était un grand blond aux yeux clairs, avec des cheveux bouclés qui lui tombaient sur les épaules. Sa mâchoire était carrée et ses dents bien plantées.

— J'espère qu'à *France-Flash* ils trouveront un

portrait de lui pour illustrer mon article. Et comme caractère, quel genre était-ce ? Gai, triste ? »

Françoise ouvrit son livre.

« Je vais vous lire ce qu'on en dit : “*Très gai, toujours plein d'entrain, Louis Mandrin communiquait à tout le monde sa bonne humeur. C'était un tempérament jovial, explosif. On dit qu'il fumait beaucoup, mangeait et buvait de même ; criait, jurait, tempêtait, aimait le bruit et le mouvement. Il parlait avec facilité, d'une voix chaude, cordiale, prenante. Sa parole était pleine de vie et de couleur, avec peut-être une pointe de vulgarité lorsqu'il était en compagnie de ses hommes. En revanche, s'il se trouvait en présence d'une dame, il lui adressait la parole avec une extrême courtoisie, et son maintien, d'une parfaite distinction, devenait celui d'un grand seigneur.*”

— Bon, dit Œil-de-Lynx, je mets tout cela noir sur blanc. Vous n'avez pas une ou deux anecdotes sur sa vie ?

— Si. Il y en a quelques-unes assez pittoresques. Un jour, Mandrin se promenait sur la route de Saint-Chamond avec un cheval très fatigué. Apparaît un grand carrosse, attelé de deux beaux chevaux, qui appartenait à un gentilhomme accompagné d'une dame. Le brigand se poste au milieu de la route, poings sur les hanches, et dit à

voix haute : “Mon gentilhomme, vous avez là un carrosse dont je m’accommoderais fort !...” Affolé, le seigneur répond aussitôt : “Il est à vous...”

« Mandrin prend possession du véhicule et poursuit tranquillement son voyage. Le lendemain, il renvoie le carrosse à son propriétaire avec un lot de magnifiques soieries destinées à la dame. C’était un galant homme, n’est-ce pas ? »

Œil-de-Lynx sourit.

« Vous avez raison... Je vais mettre cette petite histoire dans mon article... En avez-vous une autre à me raconter ?

— Oui. C’est l’affaire des fusils. Une fois, les argoulets, ou les gendarmes si vous préférez, découvrent une des retraites où Mandrin dissimule des armes. Ils saisissent cinq fusils qu’ils portent chez le juge de Chambéry, M. de Séguret. Quelque temps plus tard, Mandrin apprend la chose. Il fait parvenir au juge une lettre de menaces disant : *“Si vous ne me rendez pas mes fusils d’ici trois jours, j’irai mettre le feu à votre maison.”* M. de Séguret est terrorisé. Il envoie aussitôt chercher les fusils dans son grenier... Horreur ! Ils ont disparu... Quelque valet malhonnête a dû les revendre pour son compte. Affolé, le juge se précipite chez un armurier, en achète huit (il ne sait plus combien il y en avait) et les fait porter à Mandrin. Le brigand déballe le colis, s'aperçoit qu'il contient trois fusils de trop. Alors, le plus honnêtement du monde, il les renvoie au juge avec une lettre de remerciement accompagnée d'un tonnelet de vin fin !

— Décidément, dit Œil-de-Lynx, il avait le sens de l'humour ! J'aurais bien aimé le connaître...

— Moi aussi. En attendant, essayons de rencontrer son successeur. »

Œil-de-Lynx alluma sa pipe.

« Ce n'est pas le plus facile de notre affaire. Mais il faut y arriver. Un bon reporter doit être persévérant. Seulement, je ne sais pas très bien comment nous pourrions nous y prendre. À moins de faire ce que proposait Ficelle : rester en permanence devant toutes les perceptions de la Savoie et du Dauphiné ! »

Françoise avait déployé sur ses genoux la carte géographique de la région. Elle prit un crayon, pointa la première localité qui avait reçu la visite du brigand : Briançon, près de la frontière italienne. Après, il y avait eu l'attaque de l'encaisseur, à Monêtier, sur la nationale 91. Ensuite, le camion chargé d'apéritif, toujours sur la même route.

« Tiens ! fit-elle, il y a là quelque chose d'inté-

ressant. Les routiers ont dû voir leurs agresseurs. Peut-être en ont-ils fourni la description ?

— Ma foi, je n'y pensais pas... »

Il y avait dans un coin du salon une table basse chargée de journaux. Dans un numéro du *Réveil de Grenoble* se trouvait un article relatant l'attaque du camion. Les deux routiers, Francis et Martin, ont vu leur véhicule quitter soudainement la chaussée dans un virage qu'ils n'avaient pu apercevoir à temps. Des hommes masqués, vêtus d'habits sombres, les ont tenus sous la menace de leurs armes et ont systématiquement vidé le camion des caisses d'apéritif qu'il transportait. L'un d'eux a déclaré : « Si on vous demande qui a pris l'alcool, vous répondrez que c'est la bande de Mandrin. » Puis ils se sont fondus dans la nuit. Les routiers ont dû parcourir près de huit kilomètres à pied avant de trouver une gendarmerie où ils ont conté leur mésaventure.

Le fait que le camion ait pu manquer le virage est incompréhensible. Quand le jour s'est levé, les gendarmes ont constaté que le tournant était parfaitement signalé par des panneaux, une bande jaune continue et une série de poteaux peints en blanc. Les phares du camion, avant l'accident, étaient en parfait état de marche et le chauffeur n'avait bu que de l'eau en cours de route. Il a déclaré : « J'ai eu l'impression bizarre que le sol s'effaçait soudainement devant le capot. » On se demande comment les bandits ont pu s'y prendre pour faire disparaître la route !

« C'est en effet assez curieux, dit Œil-de-Lynx. Il y a là un mystère à éclaircir. Un petit saut jusqu'à cet endroit pourrait être instructif... Mais je voudrais d'abord interroger ce berger. Si réellement il connaît le nouveau Mandrin, il doit pouvoir nous donner des précisions et... »

Le jeune homme se tut. Depuis un moment, Françoise, penchée sur le plan, restait figée comme une statue. Seuls ses yeux bougeaient, parcourant différents points de la carte avec une expression bizarre. Une flamme brillait dans son regard. De la pointe du crayon, elle traça sur le papier plusieurs croix qu'elle relia par des lignes. Intrigué, Œil-de-Lynx demanda :

« Eh bien, Françoise, que faites-vous donc ? Avez-vous trouvé quelque chose ?

— Là ! »

Le crayon s'était arrêté sur un point noir représentant une ville. Le journaliste regarda.

« Valence ?

— Oui.

— Cette ville a quelque chose de particulier ?

— C'est là que nous devons aller.

— Pourquoi donc ?

— Vous ne devinez pas, mon cher Œil ?

— Ma foi... non !

— Parce que *c'est à Valence que Mandrin va faire son prochain coup !* »

Chapitre 6

Valence

Œil-de-Lynx sursauta.

« Hein ? Qu'est-ce que vous dites ? Comment diable pouvez-vous le savoir ? »

Françoise se mit à rire.

« Peut-être parce que je l'ai deviné ? Tenez, je viens de faire une curieuse constatation. Voyez vous-même... Le premier coup de main a eu lieu près de la frontière italienne, n'est-ce pas ? Le second, plus à l'ouest, sur la nationale 91. Bon. L'attaque du camion, toujours sur la même route. Après, c'est à Grenoble que les brigands ont opéré. Vous suivez bien l'itinéraire sur la carte ?

— Oui, mais je ne vois pas ce que...

— Attendez, attendez... Les brigands, après Grenoble, vont attaquer une perception à Saint-Marcellin, toujours sur la même route. Vous com-

prenez ? *Ils se dirigent vers l'ouest,* tout simplement. Et mathématiquement, ils doivent finir par arriver à Valence. C'est là que nous allons les retrouver. Il est peut-être même déjà trop tard...

— Alors, il faut y aller, et vite ! »

Ils se levèrent, réveillèrent Boulotte qui demanda avec effarement si l'heure du dîner était déjà venue, quittèrent l'hôtel et sautèrent dans la voiture. Au passage, ils cueillirent la grande Ficelle qui continuait de monter la garde devant le café-tabac, pistolet au poing. Elle s'écria :

« Où allez-vous donc ? En promenade ?

— Non, dit Françoise, nous allons chercher Mandrin à Valence.

— Pourquoi à Valence ? En voilà, une idée ! Moi, je suis sûre qu'il est ici, à Beaurepaire. Le nom de cette ville indique bien qu'il s'agit d'un repaire de brigands. C'est d'ailleurs pour ça que je protégeais le bureau de tabac. »

La voiture avalait les kilomètres aussi facilement qu'une grenouille gobe une mouche. Il était à peine trois heures de l'après-midi lorsqu'elle arriva sur la place du Champ-de-Mars, au cœur de la cité. Œil-de-Lynx s'aperçut que son niveau d'essence baissait. En grognant contre l'appétit vorace du moteur, il se mit à circuler au hasard à travers la ville pour trouver une station-service.

Soudain, au détour d'une rue, l'auto fut arrêtée par un encombrement imprévu. Des gens se trouvaient massés au beau milieu de la chaussée, bloquant le passage. On apercevait des uniformes, des cars de police...

Le journaliste se pencha par la portière et interrogea un groupe de curieux :

« Qu'est-ce que c'est ? Un accident ?

— C'est la bande à Mandrin. Elle vient de dévaliser une bijouterie. »

Œil-de-Lynx étouffa un juron.

« Trop tard ! Nous sommes arrivés trop tard !

— On le dirait..., fit Françoise en hochant la tête.

— En tout cas, votre théorie était bonne. C'est bien ici qu'il est venu, le gredin !

— Alors, profitons-en pour voir un peu ce qui s'est passé... »

Le petit groupe mit pied à terre et se faufila à travers la foule qui stationnait devant le magasin, dont la vitrine était brisée. Œil-de-Lynx brandit sa carte de presse et son appareil photo en criant : « Priorité ! Priorité ! » On le laissa passer. Les filles en profitèrent pour se glisser à sa suite et ouvrir en grand les oreilles pour écouter les renseignements qu'une mercière — voisine de la bijouterie — s'empressa de fournir au journaliste.

« Ah ! mon bon monsieur, c'était terrible ! Ils étaient bien cinquante !

— Non, pas tant que ça ! dit un petit vieillard coiffé d'un béret. Tout au plus une douzaine.

— Pas du tout, père Janvier, votre vue baisse. Je vous dis qu'ils étaient toute une armée. Ils sont arrivés dans des camions... Je les ai vus comme je vous vois, mon bon monsieur. Ils sont descendus et ont défoncé la vitrine au moyen d'une grosse poutre en bois...

— En fer ! Une poutre en fer ! rectifia le père Janvier.

— Non, en bois. Décidément, vous n'y voyez plus très clair ! »

Œil-de-Lynx prenait des notes en sténographie. Il s'enquit :

« À quoi ressemblaient-ils, ces bandits ? Comment étaient-ils vêtus ?

— En militaires, tiens !

— Comment ? En militaires ?

— En soldats, si vous préférez. Avec des uniformes, des casques et des fusils...

— Moi, j'avais un bel uniforme pendant la guerre, dit le père Janvier, et je me souviens qu'une fois, pendant une attaque ennemie, mon capitaine me dit...

— Ce sont peut-être réellement des militaires ? » demanda Œil-de-Lynx.

La mercière secoua la tête.

« Oh ! non ! Nous sommes sûrs qu'il s'agissait de bandits déguisés en soldats, parce que Mandrin était avec eux. Nous l'avons bien vu, hein ? »

Les autres témoins approuvèrent, sauf le père Janvier qui nia la présence du chef. La mercière en fournit néanmoins une description détaillée :

« Il portait une espèce de chapeau en feutre noir, un foulard blanc autour du cou et un habit gris.

— Bleu, dit le petit vieillard.

— Comment pouvez-vous dire ça, père Janvier, puisque vous ne l'avez pas vu ?

— Il était bleu ! Comme mon uniforme à la guerre.

— Son habit était gris et son gilet rouge. Il avait une large ceinture de cuir et des bottes en cuir.

— Non, des guêtres en toile.

— Décidément, père Janvier, vous êtes complètement aveugle ! »

Œil-de-Lynx continuait à prendre note.

« Et son visage, son allure ?

— Oh ! c'est un grand blond, avec des cheveux bouclés. Et il a l'air gai... Il riait en disant à ses

hommes : “Allons, mes petits gars, faites-moi du bon travail ! Et le travail, c’est la santé !” »

Françoise et le journaliste se regardèrent. Le nouveau Mandrin ressemblait prodigieusement à l’ancien. Ses vêtements, son aspect physique, son comportement étaient identiques !

Le reporter dit à mi-voix :

« Une chose me surprend, toutefois. Pourquoi ses hommes sont-ils habillés en militaires ? »

Françoise réfléchit une seconde.

« Je crois le comprendre. Les complices de Louis Mandrin capturaient souvent des gendarmes et prenaient leurs uniformes. Ceux-ci agissent de même. D’autre part, quand il faut se cacher dans la campagne, le costume le plus pratique est un uniforme verdâtre qui facilite le camouflage. Et ces brigands mènent la vie aventureuse des soldats. Il est logique qu’ils aient adopté la tenue fonctionnelle des militaires. »

Œil-de-Lynx prit quelques photos, posa encore une ou deux questions à la mercière, puis donna le signal du départ.

« Allons à la poste centrale. Il faut que je téléphone mon article à *France-Flash.* Ensuite, nous essaierons d’arriver avant Mandrin dans la prochaine ville où il se rendra. Qu’y a-t-il à l’ouest de Valence ?

— Le Puy.

— Bon, c'est là qu'il faut aller. »

Ils remontèrent dans la voiture, foncèrent vers la poste. Œil-de-Lynx demanda la communication avec Paris.

« Dix minutes d'attente, dit la téléphoniste.

— Mais c'est urgent !

— Je regrette, je n'y suis pour rien.

— Bon, attendons. »

Boulotte quitta la poste pour aller acheter des croissants et Ficelle fit la queue au guichet des affranchissements avec l'espoir d'acheter des timbres représentant des animaux rares, pour sa collection.

Une carte de France était affichée au mur. Le reporter et Françoise la regardèrent pour repérer la position exacte du Puy. Œil-de-Lynx hocha la tête.

« Il n'y a pas de doute, c'est bien là qu'ira Mandrin s'il continue sa marche à l'ouest.

— Oui, mais il peut changer d'avis et remonter au nord vers Vienne ou au contraire descendre sur Avignon.

— Bah ! ma chère Françoise, nous verrons bien... »

Quelques minutes plus tard, il obtint la rédaction de son journal et s'apprêta à dicter son article.

C'est alors qu'il eut une des plus grandes surprises de sa vie.

Françoise le vit ressortir de la cabine l'œil hagard, l'air stupéfié. Elle se précipita.

« Eh bien ? Que vous arrive-t-il ? Une mauvaise nouvelle ?

— Mauvaise, non. Mais époustouflante, oui ! Vous ne savez pas ce qu'ils viennent de m'apprendre, au journal ?

— Quoi donc ?

— Ils ont reçu à l'instant même une dépêche provenant de Chambéry...

— Alors ?

— Alors, ma chère, Mandrin vient d'attaquer la perception de Chambéry, à *cent quarante kilomètres d'ici.*

— Hein ? Quand ?

— Il y a une demi-heure.

— Une demi-heure ? Mais c'est impossible ! »

Œil-de-Lynx se laissa choir sur un des bancs mis à la disposition du public. Il bredouilla :

« Eh oui... Évidemment... C'est impossible, puisqu'il y a une demi-heure, *il était ici !...* »

Chapitre 7

Attaques multiples

« Il était ici, à Valence. Comment pouvait-il se trouver au même moment à Chambéry ?... Il doit y avoir une explication, forcément... Mais laquelle ? »

Françoise réfléchissait.

« Attendez, ne nous affolons pas. La chose ne doit pas être tellement compliquée... Voyons... Vous êtes sûr qu'on ne vous a pas fait une farce, au journal ?

— Non. J'ai eu le rédacteur en chef au bout du fil et je vous assure que ce n'est pas un plaisantin.

— Bon. Alors, je vois ce qui a dû se produire... La perception de Chambéry a été attaquée par des voleurs ordinaires, tout simplement. Mais comme en ce moment tous les habitants de la Savoie et du Dauphiné sont obsédés par Mandrin, ils lui ont mis

l'affaire sur le dos ! Bientôt, chaque fois qu'un œuf disparaîtra d'un poulailler, on accusera Mandrin, vous verrez...

— Ma foi, cela se pourrait bien... Oui, c'est une explication. Alors, que faisons-nous ? Nous continuons vers Le Puy ?

— Bien sûr !... Tiens ! On dirait que Ficelle a trouvé des timbres pour sa collection... »

La grande fille s'approcha, rayonnante.

« Regardez ce que j'ai acheté... Des timbres représentant de jolies fleurs rares... Tulipes, œillets, roses et violettes... Ils sont superbes, n'est-ce pas ?

— Magnifiques ! dit Françoise, mais je croyais que tu recherchais les animaux bizarres ? Le cochylis, le trionyx ou le chétodon ?

— Oui, mais j'aime aussi les fleurs. J'ai l'âme fortement poétique, moi ! D'ailleurs, ma chambre est pleine de décorations délicieuses... Sur les murs, j'ai épinglé des photos d'oiseaux des tropiques multicolores, et la reproduction d'un tableau célèbre : l'assassinat du duc de Guise... »

Ficelle n'eut pas le loisir d'exposer plus avant ses singulières idées artistiques, car Boulotte réapparut, croquant des croissants, et Œil-de-Lynx manifesta son intention de quitter Valence au plus vite. Nos reporters sortirent de la poste et remontèrent dans la voiture qui démarra en trombe.

Elle n'alla pas loin. Au bout de cent mètres, le moteur fit entendre des ratés, puis s'arrêta. Le reporter frappa son volant du poing.

« Ah ! la barbe ! J'ai oublié l'essence ! Le réservoir est vide... J'espère qu'il y a un bidon de secours dans le coffre... »

Il regarda dans le coffre, constata l'absence évidente de toute espèce de bidon. Il fallut se mettre à la recherche d'un pompiste. On trouva un garage dans l'avenue Victor-Hugo, devant lequel la voiture fut poussée, à grand renfort de muscles. Le journaliste fit faire le plein et remit le moteur en marche. Alors, un nuage de fumée bleuâtre sortit du capot, accompagné d'une forte odeur de caoutchouc brûlé. Le garagiste souleva le capot, plongea son nez dans la mécanique et grogna :

« Oh ! là ! là ! Vous avez un joli court-circuit !

— Décidément, fit remarquer Françoise, le sort s'acharne contre nous. Il est dit que nous n'irons pas au Puy...

— Mais si, nous irons ! Ce doit être une petite panne de rien du tout... Un mauvais contact... Dans cinq minutes, nous repartirons. »

Cinq minutes après, le mécanicien avait constaté que la bobine d'allumage, complètement grillée, était bonne pour la poubelle.

« Changez-la ! dit Œil-de-Lynx.

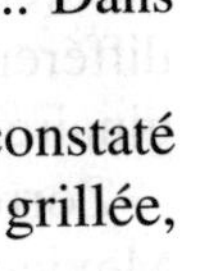

— Je n'en ai pas en stock. C'est un modèle spécial qu'il faut aller chercher à Lyon. Je pourrai vous l'avoir pour ce soir, si vous voulez. »

Le reporter poussa un soupir.

« Bon, c'est entendu. Faites le nécessaire. J'attendrai jusqu'à ce soir. »

Ils quittèrent le garage, déambulèrent dans la ville, sans but. Œil-de-Lynx maugréait contre la malchance qui lui faisait perdre son temps stupidement. Un cinéma se présenta, qui affichait *Les Exploits de Zorro*. Ils entrèrent.

Après un documentaire soporifique sur la culture intensive de l'artichaut dans les plaines du Mirebalais, ils eurent droit à un entracte interminable, dont la seule à ne pas se plaindre fut Boulotte, car elle en profita pour se bourrer d'esquimaux pralinés.

Zorro arriva enfin, héros courageux, infatigable redresseur de torts, éternel vainqueur. Ficelle remarqua :

« Il me fait penser à Fantômette. Lui aussi est masqué, et il pourchasse les méchants ! La seule différence, c'est que Zorro est un personnage imaginaire... »

Zorro était aux prises avec le gouverneur de Mexico qui offrait mille pesos pour sa capture. Mais personne ne se risquait à trahir le justicier.

Alors, le gouverneur imaginait une ruse pour s'en emparer. Il le provoquait publiquement, l'accusait de lâcheté. Par voie d'affiches, il le mettait au défi de venir seul sur la grand-place de Mexico, afin de se battre en duel. Bien entendu, Zorro relevait le défi et apparaissait sur la grand-place. Traîtreusement, le gouverneur en profitait pour le faire arrêter — ce qui provoquait l'indignation de Ficelle. Elle criait :

« Oh ! le bandit ! Oh ! le sournois ! J'espère que Zorro va s'échapper ! »

En effet, le héros masqué a plus d'un tour dans son sac et il parvenait à prendre la fuite, pour revenir à la dernière minute du film et punir le gouverneur félon !

« Ah ! c'était beau ! commenta Ficelle à la sortie. J'aurais bien aimé être à la place de Zorro... Mais moi, je me serais méfiée. Avant d'aller me battre en duel, j'aurais vérifié si ce n'était pas une ruse... Je me serais cachée dans un tonneau et à travers la bonde j'aurais observé les hommes du gouverneur... Et je ne serais pas tombée dans le piège !

— En somme, dit Françoise, tu es bien plus intelligente que Zorro ?

— Évidemment ! »

Ils retournèrent au garage, pour voir où en était

la réparation. Le mécanicien essuya sur un chiffon ses mains pleines de cambouis.

« Votre auto sera prête dans une demi-heure. »

Ils s'assirent à la terrasse d'un café sur la place de la République et commandèrent des rafraîchissements. Derrière eux, sur le comptoir d'un bar, un transistor nasillait :

« ... *Grâce à Blizzard-Détergent, votre linge noir devient blanc !... Voici nos dernières informations. Une fois de plus, le Mandrin moderne fait parler de lui. Après l'attaque de Chambéry et d'une bijouterie à Valence, le brigand a délivré tous les prisonniers détenus à Vienne, après avoir dynamité un portail extérieur et deux portes intérieures...* »

« Mille tonnerres ! gronda Œil-de-Lynx, il est partout à la fois, ce sacripant ! Ah ! on peut dire qu'il ne s'endort pas...

— Sa tactique est purement napoléonienne ! déclara Ficelle avec importance.

— En tout cas, dit Françoise, nous savons maintenant qu'il est remonté vers le nord. Nous n'avons plus besoin d'aller au Puy... »

Le reporter approuva :

« Exact. Mais le plus ennuyeux, c'est que nous ne savons pas où il frappera la prochaine fois. N'importe quelle ville peut recevoir sa visite d'une minute à l'autre ! »

Françoise fit une petite grimace qui trahissait sa perplexité.

« En effet. Je ne vois pas maintenant comment nous y prendre pour lui mettre le grappin dessus... »

La grande Ficelle se frappa soudain le front.

« Attendez, j'ai une idée !... Une idée géniale ! Faisons passer une annonce dans un journal... Nous mettrons, par exemple : *“Groupe de journalistes intelligents seraient désireux rencontrer Mandrin pour l'interviewer.”* Il répondrait peut-être ?

— J'en doute ! fit Œil-de-Lynx.

— Vous croyez ? Ah ! c'est dommage. »

Il y eut un moment de silence. Puis Françoise murmura :

« L'idée de Ficelle n'est pas complètement absurde... »

La grande fille se redressa.

« Ah ! J'ai toujours dit que j'avais un cerveau perspicace, dont la clairvoyance égale la finesse...

— En plus, dit Françoise, ton humilité égale ta modestie. C'est parfait !

— Peuh ! tu es jalouse de mes qualités ébouriffantes. Explique plutôt en quoi consiste mon idée prodigieuse...

— Eh bien, cette histoire d'annonce me fait entrevoir un moyen de rencontrer Mandrin.

— Bon, dit Œil-de-Lynx, dites-nous vite à quoi vous pensez ! »

Françoise plongea une paille dans son diabolo menthe et répondit :

« Je pense à Zorro... »

Chapitre 8

Le défi

Le lendemain, *France-Flash* publiait un article explosif, signé Œil-de-Lynx, précédé d'un titre énorme :

MANDRIN
N'EST QU'UN GREDIN !

Sur trois colonnes, le jeune reporter lançait au moderne brigand les pires insultes. Il le traitait de lâche, de bandit d'occasion, de brigand d'opérette.

L'article commençait par ces jugements peu flatteurs :

L'individu qui a la prétention de réincarner le fameux Mandrin n'est qu'un imposteur, un pâle voleur, un vulgaire pillard. Alors que son illustre devancier, un vrai gentilhomme, s'attaquait uniquement aux commis de la Ferme, celui-ci fait

main basse aveuglément sur toutes les richesses de la Savoie et du Dauphiné. Comment ose-t-il usurper le nom glorieux de Louis Mandrin ? On en a honte pour lui !...

Tout l'article était rédigé dans le même esprit. Le journal fut mis en vente dans la région dauphinoise en fin de matinée.

À midi, Œil-de-Lynx était enlevé par la bande de Mandrin.

*

* *

On se souvient de l'émotion considérable soulevée par cette disparition. Le tirage de *France-Flash* monta en flèche, tout comme celui des journaux locaux. Un reporter enlevé en plein jour, à Beaurepaire d'Isère, par celui qu'il avait gravement offensé ! Car l'article fulminant avait certainement été considéré par le bandit comme un terrible affront. Il était certain qu'il allait laver ces insultes dans le sang, et l'on s'attendait à retrouver d'une minute à l'autre le corps du journaliste au fond de quelque ravin...

Vers le milieu de cette mémorable matinée, le ciel s'était obscurci. Depuis la veille, le baromètre baissait. De lourds cumulus survolaient la vallée du Rhône et venaient crever contre la muraille formée par les chaînes des Alpes. L'un d'eux prit pour cible Beaurepaire, laissa tomber quelques milliards de gouttes d'eau sur la bourgade, puis poursuivit son arrosage en direction de la Grande Chartreuse. Après, un vent assez fort se leva. Car, contrairement à ce qu'affirme le proverbe, petite pluie n'abat pas obligatoirement grand vent. La météorologie étant la plus capricieuse des sciences, une pluie légère peut parfaitement se trouver suivie d'une bourrasque.

C'est ce que Ficelle faisait remarquer à Boulotte, dans le salon de l'hôtel où les deux jeunes filles s'étaient réfugiées pour lire des magazines illustrés. Debout devant une fenêtre, Œil-de-Lynx observait l'état du ciel en fumant une pipe. Françoise était partie faire un tour en ville, son imperméable sur le bras.

Une sonnerie se fit entendre au bureau de l'hôtel, et une seconde après le réceptionniste apparut à l'entrée du salon.

« Monsieur Œil-de-Lynx, on vous demande au téléphone !

— Bien, j'y vais ! »

Il sortit du salon, prit l'écouteur.

« Allô ? Oui, c'est moi, Œil-de-Lynx... Qui est à

l'appareil ? Le rédacteur en chef du *Phare de Grenoble* ? Oui, je vous entends très bien... Comment ? Vous désirez un article ? Mais je travaille déjà pour *France-Flash*... Ah ! un article publicitaire pour le lait des Alpes ? Dans ce cas, c'est différent... Oui, cela peut m'intéresser. Comment, vous êtes ici, à Beaurepaire ?... D'où téléphonez-vous ? Du café de la Poste ? Bien, j'arrive tout de suite ! »

Il raccrocha avec un sourire et murmura :

« Je deviens un journaliste célèbre. Maintenant, on me sollicite de toutes parts !... »

Avec un petit sifflotement de satisfaction, il mit sa casquette, fit un salut aux filles.

« Je serai de retour pour le déjeuner. »

Mains dans les poches, il quitta l'hôtel.

À peine eut-il fait cent pas qu'un voile noir s'abattit devant ses yeux, en même temps qu'un objet dur s'enfonçait dans son dos. Une voix menaçante lui dit à l'oreille :

« Ne bouge pas, mon bonhomme, ou je tire ! »

Il sentit qu'on l'empoignait, qu'on l'entraînait. Il fut jeté sur la banquette d'une voiture et solidement attaché, tandis que le véhicule démarrait en grondant.

Le premier moment de surprise passé, Œil-de-Lynx se réjouit.

« Enfin, pensa-t-il, *je vais savoir !* »

Car s'il avait provoqué Mandrin dans un article particulièrement injurieux, c'était avec un but bien précis : l'amener à se découvrir. Le journaliste avait appliqué à la lettre le plan imaginé par Françoise. Il s'agissait de transposer dans la réalité la séquence principale des *Exploits de Zorro*. Lancer un défi. Évidemment, il pouvait être dangereux de provoquer Mandrin de cette façon, mais le coup valait la peine d'être tenté. Et les circonstances montraient à quel point Françoise avait vu juste. À la lecture de l'article, le brigand avait dû voir rouge. Il n'avait guère perdu de temps pour faire capturer le reporter par ses hommes. Capture d'autant plus facile qu'Œil-de-Lynx avait glissé dans son article une phrase indiquant qu'il séjournait à l'*Hôtel des Pics*. Et Mandrin avait donné dans le panneau !

Si les mains du journaliste n'avaient été liées, il les eût frottées de contentement !

Il chercha à deviner dans quelle direction la voiture l'emmenait, mais la chose était malaisée. Le morceau de tissu noir qui enveloppait sa tête empêchait toute possibilité de vision, et la multiplicité des virages lui faisait perdre le sens de l'orientation. Seuls de fréquents changements de vitesse lui indiquèrent que l'on montait des côtes...

La voiture roula ainsi pendant un temps que le reporter évalua à une dizaine de minutes. Ensuite, des secousses irrégulières, des cahots lui firent supposer que l'auto s'engageait dans quelque chemin de traverse au sol terreux et caillouteux. Encore cinq minutes de ballottement, puis la voiture s'immobilisa et le moteur se tut.

« Vous pouvez descendre », fit une voix.

Il sortit. Des senteurs fraîches de sous-bois lui firent penser qu'il se trouvait dans une forêt. Impression aussitôt confirmée lorsque le foulard fut ôté de ses yeux. Il regarda autour de lui.

Le véhicule avait suivi une voie forestière et s'était arrêté à l'orée d'une vaste clairière ombragée par les feuilles pointues des pins alpestres. Quelques rayons solaires se glissaient entre les branches pour tomber sur un sol où l'herbe, la mousse et les aiguilles desséchées s'accumulaient pour former un tapis élastique.

Cette clairière avait été choisie comme lieu de bivouac par quelques dizaines de soldats qui s'y trouvaient répartis à leur guise, allongés pour une sieste ou assis en cercle autour d'un jeu de cartes. L'un d'eux buvait du vin au goulot d'une bouteille ; un autre allumait sa pipe avec un tison provenant d'un feu à demi éteint qui avait servi à faire cuire de la soupe dans une grosse marmite de cuivre.

Tous tournèrent leur regard vers le journaliste et le dévisagèrent avec un mélange de froideur et d'hostilité. L'accueil n'était pas particulièrement sympathique.

« Apparemment, pensa-t-il, je ne suis pas le bienvenu. Cela n'a rien d'étonnant, après ce que j'ai écrit sur Mandrin. Ses hommes ne doivent pas me porter dans leur cœur... Ça, il fallait s'y attendre ! »

L'un des brigands qui l'avaient enlevé le détacha et lui fit signe de s'asseoir sur l'herbe. Il obéit. Au bout d'un moment, les soldats cessèrent de le dévisager et reprirent leur sieste ou leur partie de cartes. À son tour, il put les observer à loisir.

Tout était calme dans cette clairière. Les hommes semblaient se reposer avec une parfaite insouciance, comme si aucun danger ne les menaçait. Mais en examinant avec attention les alentours, on s'apercevait que quatre ou cinq guetteurs veillaient sur la sécurité de leurs compagnons. Debout contre les arbres, presque confondus avec les troncs contre lesquels ils s'adossaient, leurs yeux fouillant sans cesse les profondeurs vertes du sous-bois. Le doigt sur la détente, ces sentinelles

se tenaient prêtes à ouvrir le feu sur la moindre silhouette suspecte.

Après quelques minutes, un bruit de moteur se fit entendre. Une camionnette à bâche verte qui suivait le sentier forestier déboucha dans la clairière, stoppa. Un sergent — il portait les insignes de son grade — donna l'ordre de décharger la camionnette. Elle contenait des caisses et des ballots enveloppés de toile qui furent aussitôt emportés à dos d'homme à travers la forêt, vers une destination inconnue.

« Ils doivent avoir un dépôt quelque part », pensa le journaliste. La camionnette fit demi-tour, repartit. Cinq minutes plus tard, un camion vint la remplacer. Il apportait également des caisses dont on ne pouvait deviner la nature. Un quart d'heure s'écoula encore, puis trois longs coups d'avertisseur percèrent la forêt. À ce signal, les hommes qui étaient assis ou couchés se relevèrent soudainement, prirent leurs armes, s'alignèrent et se figèrent dans la position du garde-à-vous. Une Jeep apparut, conduite par un soldat. Assis à son côté se trouvait le personnage qu'Œil-de-Lynx attendait avec autant d'impatience que de curiosité.

« Mandrin ! Enfin le voilà ! »

Tandis que les soldats présentaient les armes, il

sortit tranquillement de la voiture, fit quelques pas, s'arrêta au centre de la clairière et, d'un coup d'œil aigu, s'assura que son armée était en bon ordre.

Il portait le costume de son lointain prédécesseur. L'habit gris, le gilet rouge, le grand chapeau noir ressemblant à un tricorne, sous lequel on devinait des boucles blondes. Bottes de cuir, large ceinture dans laquelle étaient glissés deux gros revolvers et un couteau de chasse. Un foulard de soie blanche était noué à son cou.

L'homme avait fière allure. Grand, large d'épaules, il intimidait par son regard bleu, froid, et une impression de force contenue. Ce devait être un chef auquel on obéissait sans discussion. Son ascendant était tel qu'un silence parfait s'était établi sur la clairière.

Il commença à passer ses hommes en revue sans dire un mot, examinant chacun avec minutie. Soudain, il s'arrêta, croisa les bras et apostropha l'un d'eux avec une voix de tonnerre :

« Comment ? Gredin ! Il manque encore un bouton à cette veste ? Qu'est-ce que cela veut dire ? On se moque du règlement et de la discipline ! C'est encore toi, Pied-de-Nez ! Je t'avais pourtant averti de soigner ta tenue, cornebleu ! Tu seras de corvée pendant huit jours ! Et que cela ne se repro-

duise plus, sinon je te remets dans la prison d'où je t'ai tiré ! Rompez les rangs ! »

Les soldats saluèrent et se dispersèrent. Mandrin tira de sa poche une pipe au long tuyau, la bourra tranquillement, l'alluma avec un briquet d'or, puis il s'approcha du reporter et le considéra pendant un moment avec un sourire qui découvrit de magnifiques dents blanches. Il dit alors, sur un ton où perçait une ironie certaine :

« Voici donc notre fameux Œil-de-Lynx... Le monsieur qui, paraît-il, n'aime pas mes méthodes et me traite de... voleur d'opérette, je crois ? Charmé de vous voir, charmé en vérité. »

Il ôta son chapeau, s'éventa négligemment. Œil-de-Lynx, toujours assis sur l'herbe, restait silencieux. Mandrin tira une bouffée de sa pipe, considéra le nuage de fumée bleue qui s'élevait dans l'air chargé de senteurs sylvestres et reprit, sur un ton plus bas qui laissait prévoir quelque menace :

« Ainsi donc, vous me traitez de brigand, de bandit et de malhonnête homme ? Je n'aime pas beaucoup ça. Non, pas beaucoup. Apprenez, jeune scribouillard, que je suis tout le contraire de tout cela. Il n'y a personne, à cent lieues à la ronde, qui puisse se targuer d'être aussi honnête que moi. Mais oui. En voulez-vous la preuve ? Réfléchissez, voyons ! N'est-ce pas amusant de prendre aux percepteurs l'argent qu'ils tirent des contribuables ? »

Œil-de-Lynx sortit de son mutisme.

Il demanda :

« Et quand vous dévalisez une bijouterie, c'est amusant ? »

Mandrin sourit, puis désigna la clairière d'un geste large.

« Regarde autour de toi, mon petit. Que vois-tu ? De solides gaillards pourvus d'un vaste appétit. Avec quoi crois-tu que je les nourris ? Avec de l'herbe et du vent ? Pas du tout ! Il leur faut de bons gigots, des pâtés, des jambons et des bonnes bouteilles pour les arroser. Il leur faut des vêtements, des tentes et des sacs de couchage. Il leur faut aussi des véhicules pour se déplacer, donc de l'essence. Eh bien, crois-tu qu'on m'en fasse cadeau, des gigots, des tentes et de l'essence ? Nullement ! Je dois payer tout ça, avec du bon argent. Et l'argent, je le prends là où il se trouve. »

Il tira une bouffée de sa pipe, ajouta en guise de conclusion :

« La meilleure preuve que je suis honnête, c'est que je paie tout ce dont j'ai besoin ! »

Œil-de-Lynx restait impassible. Mais son cerveau était en effervescence. Ses yeux notaient chacun des détails qui l'entouraient ; ses oreilles

enregistraient avec la fidélité d'un magnétophone les moindres paroles du nouveau Mandrin. Tous ses sens étaient en alerte pour conserver le souvenir de cette aventure qu'il allait fidèlement transcrire dans son prochain article de *France-Flash.*

Déjà, il en imaginait le titre : « J'ai été enlevé par Mandrin » ou « Dans les griffes du Super-Brigand ». Le rédacteur en chef serait content de lui ! Il consentirait peut-être à lui laisser l'usage de la voiture de sport... Un reportage d'une telle envergure allait lui assurer pendant longtemps une suprématie incontestable sur ses confrères... Oui, il avait bien fait de provoquer Mandrin. L'idée de Françoise était fort astucieuse. Sans cet article percutant, il n'aurait peut-être jamais pu rencontrer le brigand, et il serait passé à côté d'une occasion unique !

Pendant que le journaliste remuait dans sa tête ces pensées optimistes, Mandrin faisait les cent pas en fumant sa pipe. Le brigand interrompit sa marche, se planta devant Œil-de-Lynx et prononça d'un ton ferme :

« Mon petit bonhomme, tu vas apprendre une chose à tes dépens. C'est qu'on ne brave pas impunément Mandrin. On l'insulte encore moins. Ce que tu as fait, ce que tu as écrit est inadmissible. Donc, je ne l'admets pas. Et afin qu'à l'avenir aucun gratte-papier de ton espèce ne se permette de renouveler l'offense grave qui m'a été faite, tu seras châtié avec la rigueur qui s'impose. Un châtiment qui sera à la mesure de ton forfait. »

Il marqua une pause, frappa le fourneau de sa pipe contre un tronc d'arbre pour vider les cendres, puis ajouta tranquillement, comme s'il disait la chose la plus simple du monde :

« Tu seras pendu. »

Chapitre 9

Comment Œil-de-Lynx fut pendu

Le journaliste avala péniblement sa salive, en regardant attentivement le visage de Mandrin pour savoir s'il plaisantait. Mais non. Le brigand semblait avoir parlé définitivement. Il avait énoncé une évidence : « Tu as insulté Mandrin, tu seras pendu, voilà tout. »

Alors, Œil-de-Lynx se cabra. Il n'avait pas du tout envie de finir au bout d'une corde ; d'autant moins qu'il ne pensait pas un mot de ce qu'il avait écrit dans son article. Il s'écria :

« Hé ! dites donc, il y a erreur ! J'ai dit que vous êtes un bandit d'opérette, mais c'est faux. Je voulais simplement vous provoquer, de manière à pouvoir vous rencontrer afin de faire une interview. Je savais que, si je vous insultais, vous chercheriez à me voir. Vous comprenez ? Et ma ruse a réussi... Vous voyez qu'il n'y a là aucune offense ! »

Pendant un instant, Mandrin considéra le journaliste en levant un sourcil, exprimant ainsi sa surprise. Manifestement, il se demandait si on lui parlait sérieusement. Puis sa physionomie s'éclaira, ses yeux se plissèrent et sa bouche s'ouvrit pour laisser échapper un rire énorme, un rire homérique. Il se tapa sur la cuisse avec jovialité, lança :

« Ohé ! vous autres ! Vous entendez ça ? Ratafia ! Nez-Creux ! Approchez ! Toi aussi, caporal Pardessus, et toi, sergent Letondeur... Venez tous ! Venez écouter la dernière invention de notre maître scribouillard ! Il voulait me voir, le bougre ! Ha ! ha ! Eh bien, il m'a vu ! En personne, en chair et en os ! »

Il se rapprocha du journaliste, l'empoigna par un bras et cria :

« Non, mais ! Tu crois que ça prend, ta petite invention ? Tu te paies ma tête, ou quoi ? Tu t'imagines que je vais avaler ça ? Hein ? Tu essaies de sauver ta peau, voilà tout. Eh bien, mon cher, c'est raté ! »

Les soldats avaient fait cercle autour des deux hommes. Le journaliste jeta un coup d'œil circulaire, cherchant une issue. S'il tentait de s'échapper, il ne pourrait faire dix mètres sans être abattu.

La situation était sans espoir... Il tenta une dernière fois de convaincre Mandrin de ses bonnes intentions, mais le brigand tira de sa poche un numéro de *France-Flash* et le brandit sous le nez de son prisonnier en hurlant :

« Et tu prétends, malotru, ne pas penser ce que tu disais en me traitant d'*imposteur,* de *pâle voleur,* de *vulgaire pillard* ? Tu me prends pour un naïf, ou quoi ? Allons, assez parlé. Caporal Pardessus, amène la Jeep sous cette branche d'arbre. Elle est à bonne hauteur... Nez-Creux, va me chercher une corde... »

Les deux hommes obéirent. Le caporal monta dans la voiture, la fit avancer de quelques mètres et l'arrêta juste sous la branche basse d'un épicéa, qui jaillissait du tronc presque à l'horizontale. Pendant ce temps, Nez-Creux se faisait aider par Ratafia pour grimper à l'arbre. Il se mit à califourchon sur la branche et y attacha solidement une corde de chanvre, au bout de laquelle le sergent Letondeur fit un nœud coulant.

Ces préparatifs étant achevés, Mandrin se tourna vers le condamné.

« Mon cher scribouillard, l'heure est venue pour toi de quitter ce triste monde. As-tu une dernière volonté à exprimer ? »

Le journaliste faisait de son mieux pour garder

son sang-froid. Il ne voulut pas laisser voir sa peur aux brigands. Calmement, à voix haute, il dit :

« Je veux être enterré avec ma machine à écrire. »

Mandrin s'inclina, sans sourire. Il ne put s'empêcher d'admirer la dignité du jeune homme, et il retira son chapeau pour saluer en connaisseur cette marque de bravoure.

« Il en sera fait comme vous le désirez. »

Nez-Creux et Letondeur encadrèrent Œil-de-Lynx, le firent monter debout sur la banquette arrière de la Jeep. Nez-Creux lui passa la corde autour du cou. Le caporal Pardessus appuya sur le démarreur. Mandrin leva le bras, puis l'abaissa en ordonnant :

« En avant ! »

Alors, il se produisit une chose extraordinaire.

Un lutin noir, jaune et rouge, tombant du haut de l'arbre, sauta à pieds joints sur la branche, trancha la corde d'un éclair de poignard et plongea dans la Jeep en même temps que le journaliste ! L'étrange personnage appuya la pointe de son arme contre le cou du caporal en criant :

« Avance, sinon je t'embroche ! »

La voiture bondit, emportant Œil-de-Lynx et le lutin, sous les yeux des soldats stupéfaits ! Mandrin prit un revolver et tira trois ou quatre balles

en direction de la Jeep, mais déjà elle disparaissait à travers la forêt. Un instant après, elle était hors d'atteinte...

« Palsambleu ! Qui était-ce donc ? Ma parole, voilà un diable jailli de l'enfer !...

— Moi, je sais ! dit Nez-Creux.

— Comment ? Tu connais donc cette espèce de farfadet ?

— Oui, chef. C'est sûrement Fantômette. Je n'étais pas très sûr de son existence, mais maintenant, si.

— Tu veux parler de cette fille qui s'attaque aux bandits ?

— Oui, c'est elle. Ah ! son intervention nous prive d'un amusant spectacle... Ça m'aurait bien plu de voir Œil-de-Lynx se balancer au bout de la corde...

— Imbécile !

— Comment, chef ?

— Je dis que tu es un idiot ! Je n'ai jamais eu l'intention de pendre ce journaliste. »

Nez-Creux ouvrait des yeux ronds. Mandrin eut un petit rire.

« Alors, tu me prends pour un assassin ? J'avais simplement l'intention de lui donner une leçon de politesse, voilà tout. Si cette Fantômette n'était pas intervenue, c'est moi qui aurais coupé la corde.

Elle a fait le travail à ma place. Mais je dois dire que, maintenant, il ne me déplairait pas de la retrouver. Ne serait-ce que pour savoir comment elle a découvert cette clairière et comment elle a pu parvenir jusqu'à cet arbre... Mais au fait... ! »

Il fit claquer ses doigts, fronça les sourcils, regarda autour de lui, puis serra les poings. Son visage devint rouge de fureur. Il hurla :

« Sentinelles ! Qu'est-ce que ça veut dire ? Plus personne n'est à son poste ? Vous avez laissé passer Fantômette sans la voir ? Ah ! vous allez en prendre pour votre grade ! »

Effectivement, les hommes qui avaient reçu l'ordre de monter la garde autour du camp s'étaient peu à peu rapprochés du centre pour assister à l'exécution du journaliste. Mandrin se mit à gesticuler, à taper du pied et à montrer le poing.

« Bras-de-Fer, tu seras de corvée de patates pendant huit jours ! Et toi, Petitpont, tu laveras la vaisselle pendant huit jours également ! Et Riflard astiquera mes bottes jusqu'à ce que je puisse me mirer en regardant la semelle ! Ah ! mes gaillards, je vais vous apprendre à respecter le règlement ! Il n'y a plus de discipline, dans cette armée ! Vous serez tous privés de vin pendant quatre jours ! Sergent Letondeur !

— Chef ?
— J'ai soif ! Apporte-moi du vin... »

Pendant que Mandrin tempêtait de la sorte, la Jeep se frayait un passage à toute allure à travers la forêt. Après quelques minutes, Fantômette donna l'ordre au caporal de stopper et de descendre.

« Retourne voir ton chef et dis-lui que, s'il continue à mettre le Dauphiné en coupe réglée, c'est moi qui le ferai pendre ! »

Le caporal fila sans demander son reste. Fantômette descendit, contourna un buisson qui avait servi de cachette au vélo qu'elle mit dans la voiture. Puis elle se tourna vers le journaliste.

« Alors, mon cher Œil, il me semble que je suis tombée à pic. Notre brigand n'a pas l'air d'apprécier beaucoup vos articles...

— Non. J'avais peut-être exagéré en le traitant de “bandit d'opérette”...

— Oh ! ce n'est pas votre faute, puisque l'idée ne venait pas de vous. Mais enfin, vous avez réussi à rencontrer Mandrin, et c'est ce que vous vouliez, non ?

— Oh ! oui. Et je vais faire un papier sensationnel pour *France-Flash.* “Pendu par Mandrin !” Le titre est tout trouvé ! J'espère que mon directeur va en profiter pour m'augmenter. Qu'au moins je n'aie pas couru des risques pour rien !... Mais dites-moi : comment avez-vous fait pour me rejoindre ? Je ne savais pas moi-même où les brigands m'avaient emmené !

— Je vais vous l'expliquer. En attendant, prenez le volant et ramenez-nous à Beaurepaire. Vous tournerez à droite après cette cabane, là-bas... »

Elle retira son masque, ôta son bonnet noir et secoua la tête pour faire bouffer sa chevelure.

« Comment je vous ai retrouvé ? Ma foi, ce n'était pas bien difficile... Je venais de faire un petit tour dans la ville en regardant le ciel pour savoir si la pluie allait se remettre à tomber... Au moment où je suis arrivée dans la rue de notre hôtel, j'ai vu une voiture démarrer à toute vitesse. Elle m'est passée sous le nez, très vite, mais j'ai eu le temps d'entrevoir ce qu'il y avait à l'intérieur. Deux militaires ficelaient un homme dont ils avaient recouvert la tête avec un foulard noir.

— L'homme, c'était moi.

— Oui, j'ai reconnu votre costume à carreaux. J'ai tout de suite compris que Mandrin vous faisait enlever par ses complices. Alors, je me suis précipitée dans le garage de l'hôtel où j'avais laissé votre bicyclette de poche. Je l'ai enfourchée et je me suis lancée à la poursuite de la voiture...

— Quoi ! Avec le vélo ? Vous n'aviez aucune chance de nous rattraper !

— Vous voyez bien que si, mon cher Œil. Sinon je n'aurais pas pu vous retrouver.

— C'est juste. Mais comment avez-vous fait ?

— J'ai d'abord pris la départementale 130. C'est la voie que l'auto avait suivie. Puis j'ai examiné systématiquement tous les chemins de traverse, pour être sûre qu'elle n'avait pas quitté la route. J'ai fait une bonne douzaine de kilomètres dans les lacets de la montagne et j'ai fini par trouver le chemin forestier par où la voiture était passée. Celui où nous sommes en ce moment.

— Comment diable pouviez-vous deviner que la voiture était venue par ici ?

— Parce qu'il a plu pendant la matinée. Le sol est boueux et les roues ont laissé des traces. »

Le reporter objecta :

« Encore fallait-il savoir que ces traces étaient bien celles de la voiture en question !

— Très simple. Elle est d'un modèle récent. Une Colorado sortie au début de l'année. Toutes les voitures de ce type ont des pneus Triangle. On les appelle comme ça parce que les sculptures forment des petits triangles. C'est ce dessin qu'elles ont imprimé sur le sol. Tenez, ralentissez une seconde et regardez... Vous voyez les traces ?

Je les ai suivies jusqu'à la clairière... Alors, j'ai vu que Mandrin voulait vous faire passer un mauvais moment...

— Oui. Il avait d'assez méchantes intentions et je vous remercie d'être arrivée à temps. Mais comment avez-vous pu grimper à l'arbre sans que les sentinelles vous découvrent ?

— Les sentinelles ? Elles ne m'ont pas beaucoup gênée. Tout le monde avait les yeux tournés vers vous. J'ai pu monter à l'arbre tout tranquillement et redescendre au bon moment. Il y avait longtemps que je n'avais pas fait d'escalade[1]... Mais dites-moi ce que vous comptez faire maintenant ?

— Je vais envoyer le plus vite possible un papier à mon canard...

— C'est-à-dire un article à votre journal ?

— Oui. J'espère que le patron me réservera cinq colonnes à la une. Je mérite bien d'occuper toute la première page, il me semble ! De toute l'équipe des rédacteurs, c'est moi qui fais les articles les plus sensationnels !... Et je le dis sans me vanter... »

La voiture descendait en louvoyant la pente sinueuse de la montagne. Bientôt, Beaurepaire

1. Voir *Fantômette et la Dent du Diable.*

d'Isère allait apparaître. Soudain, Fantômette, qui paraissait songeuse, fit claquer ses doigts et dit :

« Arrêtez ! Arrêtez-vous ici...

— Hein ? Pourquoi ? Qu'y a-t-il ? »

Il freina. Fantômette descendit, prit la bicyclette, l'enfourcha et repartit en sens inverse après avoir fait un signe d'adieu en criant :

« J'ai oublié quelque chose. Continuez sans moi, je vous rejoindrai plus tard en ville ! »

Un peu éberlué, Œil-de-Lynx remit la voiture en marche. Il se dit qu'avec Fantômette, il ne fallait jamais chercher à comprendre...

Il revint à l'*Hôtel des Pics*. Devant l'entrée se tenaient Boulotte et Ficelle ; la première mastiquait avec application des galettes au miel des Alpes ; la seconde montait la garde, revolver en main. Elle aperçut le journaliste et courut au-devant de la Jeep.

« Tiens ! Vous avez changé de voiture ?

— Non. J'ai simplement emprunté celle de Mandrin. »

Ficelle éclata de rire.

« Ha, ha ! Vous dites que c'est la voiture de Mandrin ?

— Oui.

— Vous le connaissez donc personnellement ?

— Bien sûr. J'étais en sa compagnie il y a une demi-heure.

— Ah ! parfait... Et que faisiez-vous ?

— Il m'avait enlevé et voulait me pendre. Mais je me suis échappé grâce à Fantômette. »

Il entra dans l'hôtel, se dirigea vers le téléphone pour appeler son journal. Ficelle s'esclaffa :

« C'est un rigolo, hein, Boulotte ? En a-t-il, de l'imagination ! Pendu par Mandrin, délivré par Fantômette... Ça ne m'étonne pas qu'il écrive des feuilletons dans *France-Flash* !

— Tu crois qu'il ne parlait pas sérieusement ?

— Bien sûr, grosse naïve ! Tu as cru ces balivernes ? Ah ! là ! là ! On te ferait avaler des lanternes !... Mais tout ça ne nous dit pas où est Françoise... Il y a bien trois heures qu'elle est partie se promener... Pourvu que Mandrin ne l'ait pas enlevée ! »

Boulotte haussa les épaules, ôta le papier argenté qui enveloppait une plaque de chocolat aux noisettes et dit :

« Françoise ne risque rien. Si on l'a enlevée, Fantômette viendra la délivrer...

— Oui, oui, compte dessus !... Mais Œil-de-Lynx l'a peut-être vue ? Allons-le-lui demander. »

Elles rentrèrent à leur tour dans l'hôtel, s'appro-

chèrent du reporter qui dictait son article au téléphone :

« ... *Aussitôt après que Mandrin eut donné l'ordre de me pendre, ses complices me firent monter sur le siège arrière d'une Jeep et me passèrent la corde au cou. Je croyais ma dernière heure arrivée. Déjà, je sentais le véhicule bouger sous mes pieds. Brusquement, quelque chose me tomba sur le dos... C'était Fantômette qui venait de couper la corde...* »

En proie à la plus vive stupéfaction, Ficelle et Boulotte écoutaient de toutes leurs oreilles, yeux arrondis en hublots de paquebot, et bouche ouverte comme si un docteur leur avait dit de faire « Aaaah ! ».

La grande fille bredouilla :

« Mais... mais alors, c'était donc sérieux, cette histoire d'enlèvement !... Ma parole !... Ah ! par exemple... J'en suis complètement imperméabilisée ! »

Œil-de-Lynx termina sa dictée en annonçant que sa vengeance serait éclatante et qu'il allait provoquer la capture de Mandrin dans les heures suivantes. Puis il raccrocha. Ficelle l'interrogea aussitôt :

« C'est de la blague, votre histoire, dites ?

— Pas du tout. J'ai été fait prisonnier par Mandrin, et c'est bien Fantômette qui m'a sauvé la vie.

— Incroyable ! Je pensais que vous nous racontiez n'importe quoi... Alors, Fantômette, où est-elle ?

— Elle m'a quitté sur le chemin du retour.

— Et comment allez-vous faire pour prendre Mandrin ?

— Rien de plus simple. Je vais prévenir la gendarmerie et nous allons encercler la clairière. Les bandits seront faits comme des rats !

— Formidable ! Nous pouvons aller avec vous ?

— Je crains que ce ne soit trop dangereux. Si les bandits résistent, il y aura des coups de feu. Je ne tiens pas à vous voir mitraillées.

— Mais nous n'avons pas peur du danger ! N'est-ce pas, Boulotte ?

— Heu... oui... Enfin, pas trop...

— Écoutez, dit le journaliste, vous allez rester ici, et je vous promets de tout vous raconter dès mon retour.

— Avant de le dire à *France-Flash* ?

— Oui, avant. Parole d'honneur !

— Alors, d'accord, nous restons ici. Mais si vous avez besoin d'aide, téléphonez. Nous volerons à votre secours ! N'oubliez pas que j'ai mon revolver...

— Entendu ! À tout à l'heure. »

Il remonta dans la Jeep, accomplit un demi-tour qui fit crier les pneus, et disparut en direction de la gendarmerie.

Chapitre 10

Retour à la clairière

Alors qu'elle revenait avec le journaliste vers Beaurepaire, Fantômette s'était soudain demandé pourquoi elle se trouvait dans cette voiture *qui s'éloignait de Mandrin.* Elle s'était dit :

« Ce que je fais là est absurde... Après tout le mal que nous nous sommes donné pour retrouver le bandit, voici que nous l'abandonnons et nous sauvons à toute allure, comme si nous avions peur de lui !... Qu'Œil-de-Lynx revienne en ville d'urgence pour téléphoner son article, c'est son affaire... Mais moi, pourquoi irais-je à Beaurepaire ? Non, ce serait une erreur. Je dois retourner au plus vite à la clairière et surveiller les brigands discrètement. Quand j'aurai deviné leurs projets, je serai la plus forte, alors je les ferai arrêter. »

Elle était donc descendue de la voiture, avait

repris la bicyclette et s'était élancée à travers les pâturages pour gagner du temps, en évitant les lacets de la route.

La soirée approchait. Quelque part au creux d'un vallon, un troupeau de vaches sur le chemin de l'étable faisait tinter ses campanes. Un chien affamé aboyait pour réclamer une soupe, agrémentée, si possible, d'un bel os.

Fantômette pédalait à toute allure, coupant à travers champs, mettant pied à terre pour franchir les haies en portant son vélo sur l'épaule, comme les coureurs de cyclo-cross, ou reprenant la route quand un tronçon de ligne droite se présentait. Elle revint dans la forêt, longea le sentier dont elle commençait à connaître par cœur chaque détour et parvint à proximité de la clairière.

Arrivée là, elle ralentit. Il ne s'agissait pas de se faire repérer par les sentinelles qui devaient maintenant monter la garde avec une vigilance accrue. Pour la seconde fois de la journée, elle cacha la bicyclette dans l'épaisseur d'un buisson qui bordait la voie forestière et avança à pas de loup, prenant soin de ne pas faire crisser les brindilles sous ses pieds. En même temps, elle tendait l'oreille... Après l'évasion d'Œil-de-Lynx, quelles dispositions Mandrin avait-il prises ? Il est probable qu'il se tenait sur ses gardes et que le moindre intrus se verrait gratifié d'une pluie de balles. Raison de plus pour être méfiante...

Lorsqu'elle ne fut plus qu'à une centaine de mètres de la clairière, Fantômette se mit à plat ventre et rampa en s'aidant avec les coudes, dans la pure tradition des Indiens sioux sur le sentier de la guerre. Lentement, avec mille précautions, prête à s'aplatir au premier coup de feu, la jeune aventurière progressa jusqu'à la lisière de la trouée...

Alors, elle se releva lentement, posa ses mains sur les hanches et éclata de rire.

La clairière était vide !

Mandrin et sa bande avaient déguerpi, abandonnant les lieux aux lapins, aux écureuils ou aux sauterelles. Fantômette murmura avec amusement :

« C'était bien la peine que je prenne toutes ces précautions ! Si Œil-de-Lynx était là, il se paierait ma tête... Mais il n'est pas là, heureusement. »

Elle fit le tour de la clairière, cherchant quelque indice qui pût lui indiquer dans quelle direction la bande était partie... Depuis le matin, le soleil avait séché le sol, et il devenait difficile de trouver des traces. Malgré un examen attentif des sentiers partant du campement pour se perdre à travers la forêt, elle ne put déterminer la voie choisie par les brigands. Vraisemblablement, ils étaient tous partis à pied, et les aiguilles de pin n'avaient pas gardé l'empreinte des pas. Il fallait chercher ailleurs...

« Évidemment, nous ne pouvons plus recommencer le coup de l'article dans un journal. Il se méfierait. Que faire ? Enquêter dans chaque village... Interroger tous les cantonniers, les gendarmes... Un long travail en perspective... Ah ! j'ai été stupide de ne pas revenir plus vite à cette clairière... Maintenant, il faut repartir à zéro ! »

Agacée, mécontente, elle retourna au buisson pour y prendre le vélo et se diriger vers Beaurepaire.

« Ai-je été bête, sapristi !... Quand je rédigerai mes *Mémoires*, je me garderai bien de parler de cette aventure ! Sinon, j'y perdrais tout mon prestige. »

Comme elle quittait la lisière de la forêt, son attention fut attirée par une silhouette qui courait à toute allure au travers d'un pré.

« Tiens ! On dirait que c'est mon petit berger... Oui, c'est bien lui... Où court-il donc si vite ? »

Poussée par la curiosité, Fantômette fit passer son vélo par-dessus la mince clôture en fil de fer qui entourait le pré, se glissa à quatre pattes sous l'obstacle, puis enfourcha sa monture mécanique et s'élança à la poursuite du garçonnet. En dix coups de pédales, elle arriva à sa hauteur et l'interpella :

« Ohé ! Petit berger, où cours-tu comme ça ? Il y a le feu chez toi ? »

Le gamin parut surpris et effrayé par cette apparition inattendue. Il poussa un cri et redoubla de vitesse. Fantômette se rendit compte alors qu'elle avait son masque sur le visage — ce qui ne devait pas être fait pour le rassurer. Elle l'enleva et cria :

« N'aie pas peur ! Tu me connais déjà !... Nous avons bavardé, l'autre jour... »

Mais le petit berger ne voulait rien entendre. Il courait, serrant contre sa poitrine un sac de toile, comme pour empêcher qu'on ne le lui volât. Fantômette revint à la charge.

« Écoute-moi, au lieu de te sauver ! Je ne vais pas te manger, tout de même ! »

Peine perdue. Le gamin fuyait comme s'il avait vu le Diable. Dans sa précipitation, il n'eut pas le temps d'apercevoir une rigole creusée en travers du pré. Son pied buta, et il s'étala tout de son long dans l'herbe, comme un joueur de rugby qui marque un essai. Le sac de toile voltigea, roula, s'ouvrit et laissa échapper une feuille de papier pliée en quatre.

La jeune fille descendit de vélo, s'approcha.

« Tu ne t'es pas fait mal, j'espère ? »

Le garçon se relevait déjà. Il vit son sac ouvert, le papier dans l'herbe, et se précipita pour le récu-

pérer. Mais Fantômette, plus vive, le ramassa avant lui. Il poussa une exclamation de désespoir et supplia :

« Rendez-le-moi ! Rendez-le-moi ! Il faut que je le porte... C'est Mandrin qui me l'a donné...

— Hein ? Tu dis ? »

Le petit berger se mordit les lèvres, avec la sensation d'avoir prononcé un mot qu'il eût mieux valu taire. Fantômette déplia la feuille et lut le texte suivant, écrit à l'encre rouge :

Rendez ce que
vous avez emprunté !
Cette honnêteté ne
nuit pas à ta réputation.
Au contraire ! S'il y a un
trou à ta poche ou
des pièces en moins,
souris donc !

Fantômette fronça les sourcils.

« Que signifie cela ? Mandrin donne des conseils d'honnêteté, à présent ? Il a bien changé, depuis tout à l'heure... »

Le petit berger joignait les mains, suppliait :

« Rendez-moi mon papier, je vous en prie ! Sinon, ils vont me punir... Ils vont me battre...

— Bon, entendu, je vais te le rendre. Mais avant... »

Elle sortit d'une petite poche un calepin, recopia rapidement les huit lignes et rendit la feuille au berger en lui conseillant :

« Si tu ne veux pas être puni, ne dis pas que tu m'as rencontrée !

— Oui, oui, je ne dirai rien ! »

Il fit demi-tour, prit ses jambes à son cou. À l'extrémité du pré s'élevait un petit bois dans lequel il disparut. Abandonnant la bicyclette, Fantômette atteignit à son tour le bois. Elle longea un étroit sentier sur une vingtaine de mètres. Là, le sentier se divisait en deux. La jeune aventurière s'arrêta, écouta. Il lui parut que des crépitements de brindilles, sur sa gauche, trahissaient la fuite du petit berger. Quelques mètres plus loin, le chemin se divisa de nouveau en deux. Par où passer ? On n'entendait plus rien...

Cette fois-ci, Fantômette opta pour la voie de droite. Au bout de trois ou quatre minutes, elle déboucha hors du bois et trouva devant elle un fouillis inextricable. Un enchevêtrement d'arbustes, de taillis, de buissons... un véritable maquis.

Elle soupira :

« Bon, pas la peine d'insister. Je n'ai aucune chance de le retrouver là-dedans ! »

Elle fit demi-tour, traversa de nouveau le bois, monta sur la bicyclette et revint vers Beaurepaire.

« Encore une occasion perdue ! Je n'aurais pas dû le lâcher d'une semelle, ce petit pastoureau... Enfin, espérons que le papier m'apprendra quelque chose... Tiens ! qu'est-ce que c'est, ce défilé ? »

À quelques centaines de mètres, sur la départementale menant à la forêt, des voitures de la gendarmerie roulaient en convoi. En tête se trouvait la Jeep de Mandrin. Fantômette sourit.

« Bonne chasse, messieurs ! Vous allez faire une drôle de tête quand vous arriverez dans la clairière ! Mon cher ami Œil-de-Lynx va pouvoir coiffer son prochain article d'un titre ronflant : "Comment j'ai raté la capture de Mandrin !" »

Chapitre 11

Message mystérieux

« Tu t'es promenée dans la campagne ? demanda Ficelle.

— Oui, répondit Françoise, j'ai parcouru la campagne, les monts et les vaux du Dauphiné. C'est très joli...

— Eh bien, ma vieille, si tu étais restée ici, tu aurais appris une nouvelle fantastique !

— Laquelle ?

— Tu ne devineras jamais !

— Dis toujours...

— Œil-de-Lynx a été fait prisonnier par Fantômette et délivré par Mandrin !... Heu... je veux dire... Enfin, c'est le contraire... Incroyable, non ?

— Intéressant. »

Les trois filles se trouvaient réunies dans le hall de l'*Hôtel des Pics,* où la grande Ficelle

avait établi ce qu'elle appelait pompeusement « son quartier général d'état-major ». Elle avait déployé sur la table une carte routière et exposait ses idées sur la stratégie à employer pour capturer Mandrin. Enfoncée dans un confortable fauteuil de cuir, Boulotte l'écoutait discourir en approuvant de temps en temps d'un mouvement de tête. Pour faire patienter son estomac en attendant l'heure du dîner, elle grignotait des gaufrettes à la framboise.

Ficelle posa son index long et pointu sur une tache verte, et dit avec importance :

« Les brigands se cachent sûrement dans cette forêt, Le Grand Serre. Ou alors, dans la forêt de Chambarand, au sud-est. Ou dans la forêt de Thivolet, plus au sud. Ou dans la montagne de Lans, vers Grenoble. Ou...

— Ou quelque part ailleurs, coupa Françoise.

— Œil-de-Lynx le sait, *lui !* Et il a mobilisé toute la gendarmerie du Dauphiné, de France et de Navarre pour faire prisonnier le bandit. Il va revenir avec d'une minute à l'autre.

— Tu en es sûre ?

— Absolument, ma petite Françoise ! Mandrin est dans une clairière dont Œil-de-Lynx connaît la position à un centimètre près. Il va nous ramener le brigand pieds et poings liés. Et c'est à moi qu'il racontera en premier comment les choses se seront passées. Il m'a donné sa parole d'honneur !... Tu vois que je ne te dis pas des blagues...

— Bon, bon, très bien. Tu m'en vois ravie. »

Françoise s'assit un peu à l'écart dans un des fauteuils, tira d'un petit sac à main des feuilles de papier, un crayon, et se mit à écrire. Au bout d'un moment, Ficelle l'interrogea :

« Tu fais ta correspondance ?

— Non, pas exactement.

— Tu apprends le chinois ?

— Non plus.

— Moi, j'aimerais bien savoir le chinois... Je pourrais aller en Chine et lire les affiches. Ce serait formidablement instructif !... Dis-moi, qu'est-ce que c'est, ce que tu fais ? »

Absorbée par son travail, Françoise ne répondit pas. Deux petits plis verticaux, au milieu de son front, indiquaient qu'elle se livrait à un travail intellectuel intense. Piquée par la curiosité, Ficelle s'approcha et regarda par-dessus son épaule. Elle poussa un petit cri :

« Oh ! tu fais de la poésie, maintenant ?

— Ce n'est pas exactement un poème. Tu peux le lire si tu veux... »

La grande Ficelle prit la feuille et lut à haute voix :

« "Rendez ce que
vous avez emprunté !
Cette honnêteté ne
nuit pas à ta réputation..."

Ah ! ce sont des proverbes ? On dirait des espèces de conseils, comme ceux que nous donne notre institutrice... Tu sais : "L'argent ne fait pas le bonheur" ou "Bien mal acquis ne profite jamais".

— Cela y ressemble, dit Françoise, mais je pense qu'il s'agit d'autre chose. C'est une sorte de message...

— De message secret ?

— Oui.

— Oh ! c'est drôlement iconoclastique !

— Hein ? Tu es sûre que ce mot existe ?

— S'il n'existe pas, il faut l'inventer ! Ce message est sûrement secret et fortement iconoclastique. Je vais te le traduire, moi. »

Elle se pencha sur la feuille, gratta le bout de son nez et déclara fermement :

« C'est un cryptogame !

— Tu veux dire, un cryptogramme ?

— C'est la même chose. Pour le déchiffrer, il faut et il suffit d'être intelligente et de réfléchir... Il doit y avoir un sens caché là-dessous...

— Évidemment. Si c'est un message secret, le sens en est caché. Tu as fait là une grande découverte ! »

Ficelle lut la fin du texte :

> *« Au contraire ! S'il y a un*
> *trou à ta poche ou*
> *des pièces en moins,*
> *souris donc ! »*

Elle demanda :

« Ce sont des recommandations à quelqu'un qui aurait perdu de l'argent ? On lui dit d'être gai et de sourire ?

— Oui.

— Eh bien, voilà, c'est tout. Ton message n'a rien de secret ! »

Ayant ainsi tranché le cas, Ficelle s'approcha d'une glace pour admirer le plat de spaghettis qui lui tenait lieu de chevelure. Françoise haussa les épaules et se replongea dans l'étude du texte qui, pour elle, conservait tout son mystère. Sur ces entrefaites, la porte du vestibule s'ouvrit et Œil-de-Lynx fit son apparition. Il avait l'air effondré. Ficelle et Boulotte se précipitèrent.

« Alors, ça y est ? Vous avez capturé Mandrin ? »

Le reporter se laissa choir dans un fauteuil.

« Non, c'est loupé. Quand les gendarmes et moi sommes arrivés à la clairière, elle était déserte.

— Oh ! Mandrin était parti ? demanda Ficelle.

— Oui. Disparu, envolé !

— Alors les gendarmes ont dû se moquer de vous ?

— Non, mais ils n'étaient pas contents ! Ils ont commencé par dire que je les avais dérangés pour rien et que je me payais leur tête. Pour les convaincre, il a fallu que je leur montre les traces du passage de la bande. Il y avait les cendres d'un feu et des boîtes de conserve vides. Également le bout de corde qui était resté attaché à la branche. Mais ils ont commencé à me prendre vraiment au sérieux quand j'ai retrouvé les douilles des cartouches tirées par Mandrin...

— Alors, ils poursuivent les recherches ?

— Pensez-vous ! Le capitaine m'a dit : "Vous auriez mieux fait de nous prévenir plus tôt. Maintenant, où voulez-vous que nous trouvions ces brigands ?" Ces messieurs de la maréchaussée viennent de rentrer à la gendarmerie et n'en sortiront plus que si on leur apporte Mandrin tout cuit sur un grand plat !

— À propos de plat, intervint Boulotte, il serait peut-être l'heure de dîner ? »

La suggestion de la gourmande fut adoptée à l'unanimité. La petite équipe passa à table et dégusta le saucisson fumé, les poissons de l'Herbasse — un petit affluent de l'Isère — et le vacherin qui donna à Boulotte l'occasion de se barbouiller de crème. Après quoi, Ficelle exposa le plan (génial bien entendu) qu'elle venait d'imaginer :

« Puisque les gendarmes ne veulent pas se déranger et que personne ne fait rien, pourquoi n'offrirait-on pas une prime pour la capture de Mandrin ? S'il y avait une somme de dix mille écus à gagner, je suis sûre que les gens se remueraient un peu plus !

— Sans doute, dit Œil-de-Lynx ; mais d'où les sortirez-vous, ces dix mille écus ?

— Moi, je ne les ai pas ; mais je peux offrir mon collier en métal blanc plaqué... Et toi, Boulotte ?

— Moi ? Je veux bien donner un paquet de caramels mous. »

Le reporter sourit.

« Je crains que ce ne soit pas suffisant. Enfin, je veux bien en parler au directeur de *France-Flash.* Étant donné les risques que j'ai courus, il acceptera peut-être de faire quelque chose en notre faveur... Je lui passerai un coup de fil demain matin. »

Ficelle sauta de joie. Son plan ingénieux allait sûrement être adopté. Très agitée par cette agréable perspective, elle emprunta du papier à Françoise pour dessiner un projet d'affiche.

« Je peux prendre la feuille de ton message ?

— Non, je ne l'ai pas encore déchiffré.

— Quel message ? » demanda Œil-de-Lynx.

Françoise lui tendit la feuille où elle avait recopié le texte mystérieux.

« D'où sortez-vous ça ? C'est un jeu ?

— Non, mon cher Œil, je ne crois pas qu'il s'agisse d'un jeu. Si nous arrivions à découvrir la signification de ces huit lignes, cela nous aiderait peut-être à retrouver Mandrin... »

Ficelle haussa les épaules.

« Peuh ! Un message qui n'est pas plus secret que je ne suis turque ! Ce sont simplement des proverbes ! »

Œil-de-Lynx se plongea dans l'étude du texte, pendant que la grande Ficelle traçait, en tirant une langue démesurée, la maquette d'une affiche destinée à être collée sur les murs, les façades et les troncs d'arbres de tous les départements alpins. Sous un dessin représentant approximativement le fameux brigand, on pouvait lire cette annonce alléchante :

Une prime de 10 000 écus
est offerte à qui capturera, mort ou vif,
l'affreux MANDRIN.

En plus de la prime, le capturiste recevra un magnifique collier en métal plaqué véritable et un paquet de délicieux caramels mous !

Chapitre 12

La caverne aux voleurs

Fantômette sursauta. « Crénom ! Mais oui, j'ai trouvé !... C'était simple comme tout !... »

Elle quitta sa chambre en courant, dégringola les escaliers. Le réceptionniste de l'hôtel bâillait derrière son comptoir. Il replia le numéro de *Dauphiné-Soir* qu'il venait de lire depuis le titre jusqu'au nom de l'imprimeur, remonta sa montre qui indiquait dix heures du soir, décida qu'il était temps d'aller se coucher, et s'apprêta à verrouiller la porte d'entrée. Son geste fut interrompu par l'apparition de la jeune fille.

« Monsieur, j'ai besoin d'un petit renseignement...

— Je vous écoute, mademoiselle...

— Voilà. Auriez-vous entendu parler d'un endroit qui s'appelle le Trou des Souris ?

— Le Trou des Souris ?... Attendez... Oui, cela me dit quelque chose... Je crois bien que j'ai déjà entendu ce nom-là... Mais je ne suis ici que depuis la création de l'hôtel. Il faudrait demander à quelqu'un de la région... Interroger les commerçants du coin...

— Mais j'ai besoin de mon renseignement tout de suite ! C'est urgent !

— Ah ? Tout le monde dort, à cette heure-ci... »

Le réceptionniste réfléchissait. Après un instant, une idée lui vint.

« La gendarmerie !... Allez voir là. Avec toutes ces attaques de brigands, il doit y avoir quelqu'un en permanence.

— C'est une idée ! Je vais aller y faire un tour. Merci et bonne nuit !

— Bonne nuit, mademoiselle. »

La jeune fille franchit le seuil en courant, et disparut dans l'obscurité.

*

* *

« J'ai cinq pions et deux dames, brigadier Tulipe ! Je crois que vous avez perdu ! Incontestablement !

— Pas encore, mon adjudant. Avec mes quatre pions, je peux encore vous battre.

— Je voudrais bien voir ça ! »

Les deux gendarmes occupaient leur temps de garde en jouant aux dames. La passionnante partie fut interrompue par l'irruption soudaine d'une jeune fille brune.

« Bonsoir, messieurs. Excusez-moi de vous déranger, mais j'ai besoin d'un renseignement urgent. Pourriez-vous me dire où se trouve le lieu qu'on appelle Trou des Souris ? »

L'adjudant lui répondit :

« Indubitablement ! C'est une grotte, à trois kilomètres d'ici.

— Par où y va-t-on ?

— Ce n'est pas bien sorcier. Vous prenez la petite route en sortant d'ici, vous voyez ? Vous la suivez jusqu'à ce que vous trouviez un petit pont. Ensuite, prenez le premier chemin à droite après le pont. Un peu plus loin, vous verrez une espèce de colline... disons, une bosse du terrain. Au pied se trouve la grotte.

— Bon, merci.

— Mais dites donc, mademoiselle, qu'allez-vous faire dans cette grotte en pleine nuit ?

— J'espère y rencontrer Mandrin. »

Les deux gendarmes regardèrent la jeune fille avec un sourire ironique.

« Vraiment, vous comptez l'y trouver ? Décidément, c'est une manie, dans le pays. Tout le monde croit voir Mandrin ! Cet après-midi encore, un journaliste affirmait l'avoir vu dans les bois. Évidemment, il n'y avait personne. Eh bien, quand vous aurez trouvé Mandrin, apportez-le-nous. Comme ça, nous pourrons voir à quoi il ressemble. N'est-ce pas, Tulipe ?

— Absolument, mon adjudant.

— Voyons, mademoiselle, vous pensez réellement trouver Mandrin dans cette grotte ?

— Je l'espère, je vous l'ai dit. Ce n'est pas sûr.

— Parfait ! Eh bien, bonne chance !

— Merci. »

Elle sortit. Le gendarme Tulipe demanda :

« Vous croyez que c'est prudent de la laisser faire ? Si les brigands sont dans la grotte ?

— Allons donc ! On ne va pas maintenant se mettre à croire tout ce qui passe par la tête d'une gamine ! Bon, où en étions-nous ?

— C'est à vous de jouer...

— Ah ! oui... Je crois bien que je vais faire une autre dame... »

Fantômette sauta sur le vélo qui était devenu un fidèle compagnon, longea la petite route indiquée par l'adjudant. Au bout de trois kilomètres, elle atteignit un pont enjambant une mince rivière dont on percevait le clapotis. Elle mit pied à terre, dissi-

mula la bicyclette sous l'arche du pont et prit dans une sacoche un vêtement de soie jaune qu'elle revêtit à la place de sa robe. Elle agrafa avec un F d'or une cape noire, dissimula ses traits sous un masque, se coiffa d'un bonnet pointu et glissa à sa ceinture un poignard en acier de Tolède. Elle était prête à affronter la bande de Mandrin.

Après le pont, elle découvrit le chemin de droite. Deux cents mètres plus loin, le relief s'accentuait pour former un monticule, une grande bosse noire. La jeune aventurière avançait maintenant en étouffant le bruit de sa marche. Ses pupilles se dilataient comme celles d'un chat, pour percer l'obscurité d'une nuit sans étoiles. Un vent léger s'était levé, lui apportant des senteurs végétales à base de chlorophylle.

Elle parvint sans encombre au pied du monticule, mais il lui fallut un long moment avant de découvrir l'ouverture de la grotte. Elle finit par la trouver, à demi dissimulée derrière des arbustes qui s'accrochaient au flanc de la pente ; une mince fente noire dans laquelle on ne pouvait se glisser qu'en se mettant de profil. C'était bien un trou de souris !

Certaine d'être seule, Fantômette alluma une lampe minuscule et éclaira l'intérieur de la cavité où elle venait de pénétrer. La grotte avait à peu près les dimensions d'une salle de classe ; mais le plafond, au lieu d'être plat, formait une voûte d'où pendaient des stalactites jaunâtres. La muraille de calcaire jurassique offrait un relief irrégulier, une succession de colonnes, de bosses et de creux, d'arêtes et d'anfractuosités, comme si l'on avait voulu draper les murs au moyen d'étoffes grossières accrochées avec la plus grande fantaisie.

Après avoir rapidement exploré les lieux et constaté qu'ils étaient déserts, la jeune fille choisit un repli du mur qui formait une cachette acceptable, s'y dissimula, éteignit sa lampe et attendit...

Il était temps ! À peine une minute plus tard, le ronflement d'un moteur se fit entendre. Puis il y eut un bruit de voix et de pas. Des lumières apparurent à travers la fente, précédant un groupe d'hommes qui entrèrent un par un dans la caverne. Fantômette reconnut parmi eux les principaux personnages qu'elle avait vus dans la clairière. Le sergent Letondeur, le caporal Pardessus, Ratafia et Nez-Creux. Mandrin lui-même entra en dernier, fumant sa pipe. Il commanda :

« Messieurs, prenez place. »

Les soldats s'assirent sur des blocs de pierre ou à même le sol, formant un cercle autour du chef qui, d'un coup d'œil aigu, s'assura que tout le monde était prêt à l'écouter. Il déroula une grande

feuille de papier ressemblant à une carte géographique qu'il fit tenir déployée par Ratafia ; puis, à la lueur de trois ou quatre lampes électriques, il expliqua en quoi consistait cette carte.

« Messieurs, voici un plan simplifié du lac. Le bleu représente l'eau. Les hachures vertes indiquent l'emplacement des bois ou des forêts. Cette croix rouge est le lieu d'où nous allons embarquer, et cette ligne noire, la zone de débarquement. »

Les hommes regardaient attentivement, suivant de l'œil le tuyau de la pipe dont le brigand se servait pour faire sa démonstration.

« Début des opérations à une heure du matin.

« Les canots pneumatiques sont actuellement concentrés dans ce bois, en bordure du lac. Le chargement des armes et la mise à l'eau ne doivent pas prendre plus de cinq minutes. La traversée, vingt-cinq minutes au maximum. Donc, entre le signal du départ et le débarquement, il ne devrait pas s'écouler plus d'une demi-heure. Dès que le groupe n° 1 sera à terre, il se dirigera vers la préfecture, à côté du casino. Il prendra possession des lieux et attendra mes instructions. Le deuxième groupe remontera le Thiou jusqu'à la poste dont il s'emparera, pour que nous puissions contrôler les communications téléphoniques et télégraphiques.

Letondeur assurera la liaison entre les deux commandos. Pendant ce temps, je guiderai le troisième groupe jusqu'au château. En moins d'une heure, nous devons être maîtres de toute la ville. Est-ce bien compris ? Quelqu'un a-t-il des questions à poser ? »

Le sergent leva la main.

« Au lieu de traverser le lac, est-ce qu'on n'aurait pas mieux fait de prendre la route, tout simplement ? »

Mandrin eut un petit rire.

« Mais non, Letondeur, mais non. Si je me donne tout ce mal, si j'ai pris la peine de m'approprier les canots du 53e régiment du génie, c'est pour la bonne raison que les routes risquent d'être contrôlées par la gendarmerie. Nos exploits ont fini par réveiller ces messieurs. Ils ont établi des barrages sur certaines routes qui mènent à la ville. Il serait donc peu prudent de nous en approcher par voie de terre. En revanche, qui se douterait que notre attaque se fera par le lac ? Personne ! De ce côté, la voie sera libre. Vous verrez, tout est prévu. Les choses se passeront le plus simplement du monde ! »

Il avait parlé sur un ton de parfaite assurance, d'une voix posée, chaude, qui donnait confiance à ses hommes. Son plan semblait clair ; sa réalisa-

tion aisée. Avec un pareil stratège, les entreprises les plus hasardeuses paraissaient se réduire à une simple formalité.

Le brigand ajouta en souriant :

« Lorsque tout sera terminé, messieurs, je vous promets que nous ferons une grande prise d'armes sur le Champ-de-Mars, avec défilé et fanfare militaire. Ce sera un beau spectacle, comme ceux que donnait mon ancêtre lorsqu'il s'emparait d'une ville...

— Nous pourrons boire ? hasarda Nez-Creux.

— Parbleu ! Tous les cabarets vous seront ouverts ! »

D'un seul élan, les brigands s'écrièrent : « Vive Mandrin ! » en faisant résonner les parois de la grotte. Satisfait de ce mouvement d'enthousiasme, Mandrin fit quelques pas de côté pour secouer sa pipe contre une stalactite. C'est alors qu'il découvrit Fantômette qui, bien qu'elle s'effaçât autant que possible dans le creux où elle était cachée, ne put échapper au regard aigu du bandit. Il leva un sourcil, la considéra pendant une seconde puis dit, avec un amusement visible :

« Tiens, tiens ! Voilà, me semble-t-il, une visiteuse qui n'avait pas été invitée... Approchez donc, ma jeune amie ! Sortez de là, que nous puissions admirer votre beau costume rouge et jaune. »

Humiliée, vexée, mortifiée, Fantômette dut se montrer en pleine lumière. Mais elle se garda bien de laisser transparaître sa contrariété. Elle rendit à Mandrin son sourire et dit avec ironie :

« Je me promenais dans cette grotte tout à fait par hasard, figurez-vous... Et voici que vous y venez aussi... Quelle heureuse coïncidence ! Je ne m'y attendais vraiment pas. Et vous ? »

Quoiqu'il eût été extrêmement surpris par l'intrusion de la jeune fille, Mandrin se montrait capable lui aussi de dissimuler ses sentiments et il avait adopté le même ton moqueur :

« Une coïncidence très heureuse, en effet. Je suis ravi de voir de près la fameuse Fantômette. Je vous avais aperçue auparavant, mais si vite ! Vous n'aviez fait que passer... Un saut sur ma Jeep, et hop ! disparue...

— J'étais pressée, figurez-vous. »

Les brigands observaient Fantômette avec une animosité non feinte. Nez-Creux mâchonnait :

« Elle va nous trahir... Sûr qu'elle va nous trahir ! »

Et le caporal Pardessus murmurait :

« Il faut qu'on lui fasse son affaire... On pourrait la pendre, comme le journaliste. »

Mais Mandrin semblait ignorer ce mouvement d'hostilité. Très mondain, il désignait la carte que le sergent tenait toujours grande ouverte, et demandait, comme s'il avait voulu faire admirer un tableau d'une précieuse collection :

« Eh bien, que pensez-vous de mon plan ? Puisque vous avez eu le privilège de m'entendre pendant que j'en exposais les grandes lignes, vous devez être capable de me donner votre opinion. N'est-il pas remarquablement conçu ?

— Si. À un détail près.

— Un détail ? Lequel ?

— *Moi.* Votre plan admirable ne tient pas compte de mon intervention. Il n'est donc pas si admirable que ça ! »

Mandrin se mit à rire franchement.

« Ha, ha ! Vous voulez dire, ma chère, qu'une petite mauviette de votre espèce songerait à se mettre en travers de ma route ?

— Exact.

— Et telle que je vous vois là, au fond de ce trou, vous pensez m'empêcher de prendre Annecy ?

— Tiens ! C'est donc Annecy que vous voulez attaquer ?

— Oui, ma chère. Et la prise de cette ville n'est que le début d'une vaste opération que je compte mener à bien dans les semaines qui vont suivre, avec ou sans votre approbation. Vous savez peut-être que mon illustre ancêtre avait étendu sa domination sur la Savoie et le Dauphiné ?

— Il avait même poussé des pointes en Franche-Comté et dans les Cévennes. »

Cette fois-ci, Mandrin ne cacha pas sa surprise.

« Comment pouvez-vous connaître si bien les prouesses de mon honorable devancier ?

— Avant de m'occuper de vous, j'ai étudié sa vie en détail. Ce qui me permet justement de faire certaines comparaisons...

— Ah ! vraiment ? Je serais bien aise de savoir lesquelles. »

Il prit un air avantageux pour écouter Fantômette, planté un pied en avant et le poing sur la hanche.

« Louis Mandrin était un contrebandier génial, un brigand au grand cœur. Vous n'êtes qu'une fameuse fripouille, un vulgaire larron ! »

Le visage du nouveau Mandrin devint cramoisi. Il proféra :

« Ouais, ma belle, je vois que ce coquin de journaliste vous a troublé le jugement ! Vous vous faites sur moi des idées fausses, archifausses ! On me prend pour ce que je ne suis pas, morbleu ! On m'insulte, mille tonnerres ! On me calomnie basse-

ment ! Je ferai pendre tous ceux qui m'auront dénigré, palsambleu ! »

Il tapait du pied, agitait ses poings, jurait et pestait, marchait de long en large en secouant sa chevelure blonde, comme un lion qui agite sa crinière. Il réclama du vin pour se rafraîchir. Le caporal lui tendit une gourde de cuir, et il but à la régalade, sans reprendre haleine, pendant une minute entière. Un peu calmé, il reprit plus posément :

« Écoutez-moi bien, sans parti pris. Vous allez voir que j'ai formé un dessein à la fois honnête, généreux et grandiose. »

Il alluma sa pipe, jeta un coup d'œil sur une grosse montre ronde qu'il tira de son gilet rouge.

« Il n'est pas encore onze heures. J'ai le temps de vous exposer mon projet sublime. »

Il s'approcha de Fantômette, pointa un index vers sa poitrine et lui posa une question inattendue :

« À l'école, étudiez-vous l'histoire de France ?

— Oui, sans doute. Depuis les Gaulois jusqu'à la Seconde Guerre mondiale. Pourquoi ?

— Je vais vous le dire. Vous savez que, sous l'Ancien Régime, la France était plus petite que maintenant ? Certaines provinces n'en faisaient pas partie.

— Oui, je le sais.

— Eh bien, le Comtat Venaissin, Nice et la Savoie étaient au nombre de ces provinces indépendantes du territoire français.

— Alors ?

— Alors, mon projet inestimable, admirable, prodigieux est de rendre à ces provinces leur indépendance, de les grouper en un État nouveau qui s'étendrait du Jura à la Méditerranée, du Massif central à l'Italie.

« Tout le Sud-Est de la France deviendrait une nation unique, un royaume, un empire dont je serais le souverain !... »

À mesure qu'il exposait ses idées, Mandrin devenait lyrique. Une main sur le cœur, l'autre étendue vers la voûte, il adoptait l'attitude d'un ténor chantant le grand air d'un opéra. Les yeux brillants, la voix remplie d'accents triomphants, il se voyait déjà couronne en tête et sceptre en main, montant sur le trône de ce nouvel empire...

« *Empereur des Alpes !* Voilà le titre que je me décerne dès aujourd'hui ! Mon ancêtre était un bon contrebandier, soit ! Mais il s'est arrêté à mi-chemin. Un petit trafic de tabac, un menu commerce d'alcool ou d'étoffes, quelques coups de main sur les bureaux des collecteurs d'impôts... Du bricolage, tout cela, du travail d'amateur. Moi, Mandrin II — car c'est ainsi qu'on me nommera

dans les livres d'histoire comme ceux que vous étudiez —, moi, de la condition d'obscur brigand, je m'élèverai à celle de grand monarque, respecté de tous, craint et vénéré par mes sujets. Mon portrait sera gravé sur les timbres-poste et les billets de banque ! »

Enivrés par la vision de ce programme merveilleux, les brigands crièrent de nouveau : « Vive Mandrin ! » par trois fois, pendant que Fantômette disait entre ses dents :

« Il est fou ! Sapristi ! Il est complètement fou ! »

Mandrin souriait, ravi par les marques de considération que lui témoignaient ses hommes. Il bourra une nouvelle pipe, se tourna vers Fantômette et s'enquit :

« Mon programme vous paraît-il trop ambitieux ? Ou irréalisable ? Il ne l'est pas. Non, pas du tout, ma chère. Il a été étudié d'une façon extrêmement méthodique. J'ai d'abord fait de petites opérations, pour que mes hommes aient l'occasion de s'entraîner. Maintenant, je passe au deuxième stade : la prise d'une ville. Quand je me serai rendu maître d'Annecy, je tiendrai sous ma coupe toutes les Alpes du Nord. Après quoi, je m'emparerai de Grenoble, au centre de mon empire. Ensuite je contrôlerai Briançon, porte ouverte sur l'Italie, puis Digne, qui domine la Provence. Enfin, ce sera Marseille, Toulon et Nice. D'ici quinze jours, trois semaines tout au plus, toutes les Alpes m'appartiendront. Êtes-vous convaincue, maintenant ? »

Agitant sa pipe dans l'air pour donner plus de poids à ses paroles, il parlait avec une conviction qui devait se communiquer à son auditoire. Les brigands approuvaient chacune de ses phrases, hochant la tête gravement ou poussant de temps en temps un grognement pour exprimer leur satisfaction.

Seule Fantômette ne semblait pas d'accord. Elle fit « tss, tss, tss » avec un air désapprobateur. Mandrin eut un haut-le-corps.

« Comment ? Vous ne semblez pas croire ce que je dis ? Vous mettez ma parole en doute ?

— Oh ! oui... Mon pauvre monsieur, vous n'êtes pas près de monter sur un trône. Malgré vos prétentions impériales, je ne vois en vous qu'un voleur, un pillard et un détrousseur... Quand on a de si grands projets en tête, on ne s'abaisse pas à briser les vitrines des bijouteries, à dévaliser les encaisseurs ou à envoyer des camions dans le fossé pour les vider plus commodément ! Non, je ne suis pas encore convaincue de votre génie... »

Mandrin avait écouté la réponse de Fantômette

en contenant son impatience. Mais lorsqu'elle eut terminé, il eut une nouvelle explosion de colère. Il serra les poings et rugit :

« Ah ! la petite peste ! Elle n'a rien compris ! Non seulement elle n'a rien compris, mais encore elle continue à se moquer de moi ! Crois-tu, misérable moucheron, que ton avis ait la moindre valeur pour moi ?

— Alors, il ne fallait pas me le demander, cher monsieur...

— Que m'importe, que tu prennes ou non au sérieux mes formidables projets ! Je les réaliserai, un point c'est tout ! Ah ! Et puis je me demande pourquoi je perds mon temps à discuter avec cette jeune sotte !... Il est temps de se rendre au lac. Holà ! vous autres, préparez-vous à exécuter mes ordres. Quant à toi, la Fantômette de pacotille, tu vas rester ici, en attendant d'assister à mon triomphe. Nez-Creux !

— Chef ?

— Attache-lui solidement les pieds et les poings. Tu la garderas jusqu'à mon retour. Au moindre geste, à la moindre tentative de fuite, un coup de fusil ! Compris ?

— Compris, chef ! »

Fantômette fut rapidement ligotée et jetée dans un coin de la grotte. Nez-Creux arma son fusil et s'assit devant elle, sur une grosse pierre. Les soldats commencèrent à sortir de l'antre. Avant de partir en dernier, Mandrin posa sur la captive un regard chargé de mépris. Il lança :

« Je te ferai voir qui est Mandrin, mauviette ! »

La jeune aventurière ne se démonta pas. Elle prononça doucement, suavement :

« Vous verrez bientôt qui est Fantômette, mon cher monsieur. »

Mandrin haussa les épaules et sortit. S'il y avait eu une porte, il l'aurait claquée.

Chapitre 13

Nez-Creux

Dès qu'il fut sorti, Fantômette se mit à l'œuvre. Il s'agissait de faire échouer l'attaque contre Annecy, donc de recouvrer la liberté, donc d'ôter certains liens fort gênants pour remplir ce programme. Et pour pouvoir ôter ces liens, il fallait commencer par les couper. Comment ? Avec quoi ?

Si elle avait pu conserver son poignard tolédan, la chose eût été facile. Mais Nez-Creux, avant de l'attacher, avait eu soin de le lui enlever. Il s'en servait pour se curer les ongles...

Elle regarda autour d'elle. Aucun objet tranchant en vue.

« C'est contrariant, ça ! Très. Si je reste trop longtemps à mijoter dans cette grotte... une grotte bien jolie, mais où je n'ai que faire... si je reste trop longtemps ici, Mandrin aura tout son temps pour mener jusqu'au bout l'expédition. Or, j'ai dit que je l'en empêcherai. Il y va de mon prestige. Et le prestige de Fantômette, c'est quelque chose, tout de même !... Sapristi ! Il doit bien y avoir un moyen de couper ces ficelles ! »

Elle remua les poignets, tortilla ses mains pour tâcher de distendre les cordelettes qui les enserraient, mais sans résultat. Plus elle travaillait, plus les liens semblaient se resserrer. Nez-Creux grogna :

« Qu'est-ce que tu as à gigoter comme ça ? Puisque te voilà allongée, tu ferais mieux de dormir ! »

Dormir ? Il n'en était pas question. Il fallait trouver une solution au plus vite...

À force de regarder autour d'elle, il lui vint une idée. Ces irrégularités des parois calcaires, ces arêtes de pierre avaient par endroits des rebords tranchants ou dentelés comme des lames de scies... N'était-il pas possible d'user les cordelettes contre la bordure d'une roche ?

Lentement, tout en surveillant du coin de l'œil son geôlier, elle recula peu à peu pour s'approcher de la muraille. Il lui fallait agir avec la plus grande prudence, pour ne pas éveiller les soupçons de l'homme qui n'avait rien d'autre à faire, hélas ! qu'à la tenir en observation.

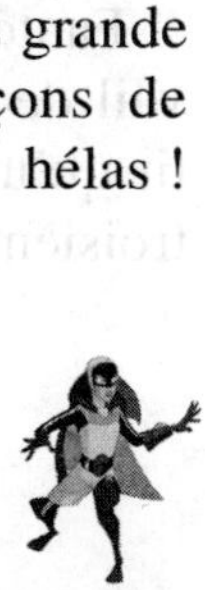

Mais un élément imprévu survint, qui apporta à la jeune aventurière une aide appréciable. Nez-Creux venait de se lever pour s'étirer en faisant quelques pas, quand il découvrit la gourde de vin qui avait servi à désaltérer Mandrin. Elle était restée dans un coin d'ombre. Le soldat la considéra avec un petit rire, puis la souleva, la tint haut dans les airs et laissa couler dans son gosier un mince filet rouge.

Fantômette profita de cette diversion pour ramper en direction d'un rocher au rebord aigu. Nez-Creux reprit son souffle, puis donna une nouvelle accolade à la gourde. La prisonnière approcha ses mains de la paroi, trouva à tâtons la lame de pierre et commença à frotter les ligatures contre le tranchant. Les mains de Fantômette se trouvant attachées dans son dos, Nez-Creux ne pouvait pas découvrir le manège. Il était d'ailleurs trop absorbé par son breuvage. Quand la gourde fut vide, il la jeta à terre, s'essuya les lèvres d'un revers de manche et prit place à nouveau sur la pierre qui lui servait de siège. Les yeux dans le vide, il ne paraissait plus s'occuper de la prisonnière...

Fantômette poursuivait méthodiquement son travail de libération. Au bout d'un moment, elle sentit qu'un des liens cédait. Puis un second, puis un troisième. Encore un effort, et la cordelette commença à se détendre. Bientôt, elle put dégager une main, et enfin se débarrasser complètement de l'entrave. Il lui fallait maintenant libérer ses jambes, sans que Nez-Creux perçoive ses mouvements. Par chance, il bâilla de nouveau, laissa sa tête s'appuyer contre la paroi. Au bout d'un moment, il ferma les yeux, poussa un soupir et s'endormit.

La jeune fille redoubla d'efforts. En faisant mouvoir ses pieds le long de l'arête, elle scia les cordelettes qui entouraient ses chevilles, se dégagea et se mit lentement debout. Elle avança tout doucement, ramassa son poignard qui traînait par terre, dépassa Nez-Creux et s'approcha de la sortie. À l'instant où elle allait s'y glisser, un épouvantable fracas lui remplit les oreilles en l'assourdissant, en même temps qu'un nuage de fumée envahissait la grotte. Nez-Creux hurla :

« Un pas de plus et tu es morte ! »

Le brigand ricana :

« Ha, ha ! Tu croyais que je dormais, hein ? Tu t'imagines que je n'avais pas vu tes petites manigances ? C'est raté, ma jolie ! Demi-tour, et reviens t'asseoir au fond. Ah ! tu pensais prendre la poudre d'escampette, hein ? Ce n'est pas pour rien qu'on m'appelle Nez-Creux. J'ai du flair, ma petite, plus qu'un vieux renard ! »

Vexée pour la seconde fois de la soirée, Fantômette fut contrainte d'obéir sous la menace du fusil. Elle retourna à l'extrémité de la caverne et s'assit à même le sol. Pour bien montrer qu'il était maître de la situation, le brigand appuya son fusil contre le mur, prit une cigarette et l'alluma tranquillement. Il n'avait pas un seul instant quitté son siège de pierre. Fantômette calcula la distance qui la séparait de l'arme. Aurait-elle le temps de bondir dessus avant que Nez-Creux ne l'ait reprise ? Non, c'était impossible. Il lui suffisait d'un geste pour être de nouveau en position de tir. Elle n'avait aucune chance de s'échapper...

« Mille diables ! Voilà une situation comme je ne les aime pas ! Bloquée dans ce trou de souris, pendant que Mandrin a le champ libre pour voler et piller... Ah ! c'est rageant ! »

Nez-Creux paraissait au contraire enchanté de sa présence d'esprit. Il dit jovialement :

« Faut pas faire cette tête-là, ma petite ! On ne va pas te garder éternellement ici. Notre chef te fera certainement sortir... »

Il ajouta méchamment :

« ... quand il aura envie de te voir au bout d'une corde, ha, ha ! C'est drôle, n'est-ce pas ?

— Oui, dit Fantômette en se mettant à rire à son tour, c'est très amusant.

— Bravo ! C'est très bien, d'avoir le sens de l'humour. Il faut être gai, dans la vie. C'est ce que nous dit souvent notre chef, et il a raison. Toi, on va te pendre... Ça te fera une saine distraction.

— Vous l'avez dit ! Ce sera drôle comme tout. Mais le plus drôle, c'est la tête que vous allez faire quand vous aurez vu *ce qui est derrière votre dos !* »

Chapitre 14

Dans le lac

À l'instant où il se retourna, une voix cria : « Haut les mains ! » Œil-de-Lynx se tenait à l'entrée de la caverne et braquait un revolver sur le brigand. Fantômette se leva, s'empara du fusil et l'apporta au journaliste en disant :

« Compliments, mon cher Œil ! Vous êtes le bienvenu. Je commençais à m'ennuyer ferme dans cette demeure préhistorique ! »

Le reporter prit le fusil et tendit le revolver à Fantômette.

« Je me suis permis d'emprunter à Ficelle son Colt 45. Une belle imitation, n'est-ce pas, Nez-Creux ? Ça doit bien coûter trois francs, un machin comme ça. Tout plastique, garanti... »

Le brigand poussa un affreux juron, comprenant qu'on s'était moqué de lui. Il esquissa un mouvement vers le reporter, mais celui-ci pointa le fusil en commandant :

« Doucement, l'ami ! Celui-ci n'est pas en plastique !

— Bah ! dit Fantômette, laissez-le, il est plus bête que méchant. Nous avons mieux à faire ailleurs. Venez vite ! »

Ils sortirent de la grotte sans plus s'occuper de Nez-Creux et se hâtèrent vers la voiture de sport que le journaliste avait laissée près du petit pont. Fantômette récupéra le mini-vélo et demanda :

« Dites-moi comment vous avez fait pour retrouver ma trace ?

— Avec le fameux message secret. Je m'étais mis au lit, mais je ne parvenais pas à m'endormir. Je retournais dans ma tête les phrases du texte sans y trouver de sens. J'ai rallumé ma lampe de chevet et j'ai une fois de plus regardé la feuille sur laquelle j'avais recopié les huit lignes. À force de lire et de relire, j'ai fini par trouver. Brusquement, il s'est produit une sorte d'illumination. En mettant l'un derrière l'autre le premier mot de chaque ligne, on formait une phrase de huit mots. La traduction était là, en clair sous nos yeux !

— Oui, dans le fond, c'était très facile... Prenez à gauche, mon cher Œil.

— À gauche ?

— Oui. Direction : Annecy, et vite !

— Pourquoi Annecy ?

— Je vais vous le dire. »

Fantômette expliqua le plan de Mandrin, à la grande surprise du journaliste qui ne s'attendait pas à des projets aussi spectaculaires.

« Il veut devenir empereur des Alpes ? Il est fou !

— Je crois qu'en effet il a des idées de grandeur délirantes. S'il se contentait d'avoir des idées, ce ne serait pas grave, mais, si on le laisse faire, il va piller tous les départements du Sud-Est. Holà ! Un peu plus, et nous allions dans un fossé !

— Vous m'avez dit d'aller vite... »

La voiture prenait en mugissant ses tournants à la limite de l'adhérence. Les pneus gémissaient, la boîte de vitesses crissait des dents ; le moteur ronflait comme un réacteur d'avion.

« À quel moment les opérations doivent-elles commencer ? demanda Œil-de-Lynx.

— Une heure du matin.

— Et il est presque minuit. Bigre ! il faut se dépêcher... »

Entre la grotte et le lac d'Annecy, il y avait une centaine de kilomètres à parcourir de nuit, sur une route sinueuse. Le journaliste prit des risques effrayants, au point que Fantômette, qui pourtant n'avait pas peur de grand-chose, eut le souffle coupé une bonne douzaine de fois. Quand un reflet de lune sur une surface miroitante annonça la proximité du lac, elle respira.

« Une heure moins sept. Vous pouvez ralentir...

— Je veux bien, mais avons-nous le temps d'aller jusqu'à leur point d'embarquement ? Je ne sais pas du tout où ils se sont rassemblés, ces brigands !

— Moi, je crois le savoir. D'après la carte dessinée par Mandrin, ils doivent se trouver dans le bois qui couvre ce cap, là-bas... Cette petite route doit nous y mener. »

Œil-de-Lynx éteignit les phares et engagea la voiture sur une route étroite qui longeait le cap, entre le bois et une série de villas endormies. À deux ou trois cents mètres de la pointe, Fantômette fit signe d'arrêter.

« Continuons à pied. Prenez le fusil, il va nous servir. »

Elle ouvrit la boîte à gants, en ôta un paquet de cellophane qui contenait des caramels mous — ceux que Boulotte voulait offrir en prime pour la capture de Mandrin. Œil-de-Lynx s'étonna :

« Comment ? Vous avez besoin de caramels, à cette heure-ci ?

— Peut-être... », répondit Fantômette avec un sourire énigmatique.

Ils se glissèrent silencieusement entre les troncs des arbres vers la pointe du cap, attentifs au moindre bruit. Au bout de quelques instants, une rumeur leur parvint, qui se précisa. Fantômette fit un geste pour empêcher le journaliste d'avancer plus loin.

« Halte ! C'est un bruit de voix. Ils doivent être tout près, maintenant... Oui, j'aperçois des ombres, là-bas...

— Que comptez-vous faire ?

— Saboter leurs canots pneumatiques. Pour cela, il faut que vous détourniez leur attention. D'accord ?

— Bien sûr. Que faut-il que je fasse ?

— Tirer en l'air avec le fusil, puis vous échapper. Ils viendront par ici pour voir ce qui se passe, et pendant ce temps...

— Vous vous occuperez des bateaux ? Compris ! Mais pour nous rejoindre, après ?

— Rendez-vous à la voiture. »

Fantômette jeta un coup d'œil sur le cadran lumineux de sa montre. Il indiquait une heure moins trois minutes.

« Vous allez compter lentement jusqu'à cent pour que j'aie le temps de m'approcher des canots, puis vous commencerez à tirer.

— D'accord ! Bonne chance, Fantômette...

— Merci, Œil. Bonne chance à vous aussi. Ils vont peut-être vous mitrailler...

— On va bien voir... Je tâcherai de passer entre les balles ! »

Ils se séparèrent.

Elle reprit son avance vers l'extrémité du cap, contourna le groupe des soldats dont elle avait perçu les voix, et parvint en vue d'une petite plage. Les canots pneumatiques étaient alignés côte à côte sur le sable. Les brigands procédaient aux ultimes préparatifs, chargeant des armes et des caisses qui devaient être bourrées de munitions ou d'explosifs. Elle repéra aussitôt la haute silhouette de Mandrin qui donnait des ordres à mi-voix en surveillant les opérations.

Dès qu'éclata le premier coup de feu, toute activité cessa. Trois secondes après, une nouvelle détonation retentit. D'une voix calme, Mandrin ordonna :

« Prenez vos armes ! Tout le monde derrière moi ! En avant... marche ! »

Donnant l'exemple, il quitta la plage pour s'enfoncer dans le bois, suivi par ses hommes qui avaient pris le pas cadencé. Œil-de-Lynx continuait à tirer des coups de feu, sur un rythme irrégulier, pour donner l'impression que plusieurs tireurs se trouvaient postés sous les arbres.

Dès que la petite armée s'était mise en marche, Fantômette, en opérant un mouvement tournant, s'était glissée souplement vers les embarcations. Elle tira le poignard de sa ceinture et entreprit sur le premier canot un travail qui ne lui demanda qu'une dizaine de secondes. Puis elle passa rapidement au deuxième, au troisième...

Les coups de feu continuaient. Le fusil du reporter contenait quinze cartouches, mais lorsqu'il les eut toutes brûlées, les coups de feu continuèrent.

« Aïe ! Ce sont eux maintenant qui lui tirent dessus ! Pourvu qu'il s'en sorte ! »

Elle termina sa besogne aussi vite que possible, puis revint vers le bois au pas de course. Il était grand temps : Mandrin rebroussait chemin avec ses hommes. Elle l'entendit qui criait :

« Allons, embarquez ! Cet imbécile de chasseur nous a fait perdre notre temps ! »

Une autre voix — Fantômette reconnut celle du caporal Pardessus — répliquait :

« Mais non, chef ! À cette heure-ci, ce n'est pas un chasseur ! Je vous dis que c'était un gendarme ! »

Mandrin le fit taire en l'abreuvant d'injures. La jeune aventurière ne jugea pas utile de rester pour écouter la suite. Sans plus prendre la moindre précaution, elle se mit à courir entre les arbres, vers l'endroit où la voiture était restée.

Œil-de-Lynx manœuvrait pour faire un demi-tour. Fantômette ouvrit la portière et s'engouffra à l'intérieur du véhicule.

« Ça y est ! Nous pouvons filer. »

En même temps qu'ils démarrèrent, s'éleva dans la nuit le ronflement des moteurs hors-bord qui allaient propulser les canots sur le lac. Dans moins d'une demi-heure, la ville d'Annecy tomberait aux mains des brigands !

*
* *

Après avoir parcouru une centaine de mètres, la voiture fit une embardée. Puis elle zigzagua bizarrement, heurta le talus, dérapa et se mit en travers de la route. Œil-de-Lynx s'écria :

« La barbe ! Je parie que nous avons un pneu crevé ! »

Il descendit, découvrit une longue déchirure dans le bas de la carrosserie, du côté où la roue était à plat.

« Une des balles qu'ils ont tirées vers moi...

— Il vaut mieux, dit Fantômette, qu'elle ait perforé la voiture plutôt que votre anatomie, mon cher Œil.

— Ne croyez pas ça ! Mon directeur va faire un foin épouvantable quand il va voir les dégâts ! »

Elle lui donna un coup de main pour changer le pneu. Travail qui ne se fit pas sans mal. Le cric n'avait encore jamais servi. Il était soigneusement emballé dans un coffret de plastique, ainsi que la manivelle. Il fallut le mettre en batterie, trouver le point du châssis qui devait entrer en contact avec lui, soulever la voiture, enlever la roue endommagée. La roue de secours se trouvait également enveloppée dans une toile plastifiée qui refusait de s'ouvrir. Œil-de-Lynx ronchonnait contre ces voitures de grand luxe dans lesquelles tout est soigneusement empaqueté. En fin de compte, ils réussirent à repartir, mais avec un bon quart d'heure de retard. Fantômette était inquiète.

« Pourvu que mon truc ait marché ! Sinon, ces gredins doivent être en train de lancer leur assaut... »

Dix minutes plus tard, le journaliste stoppait devant l'hôtel de police. La ville était déserte, paisible, et Fantômette sourit, détendue.

« Je crois que ça a marché. Allez dire aux policiers de préparer une vedette pour récupérer Mandrin et sa bande. Mon travail est terminé ; c'est à vous de jouer, maintenant. Vous allez pouvoir écrire un article superbe ! Ne ratez pas ça... »

Quand Œil-de-Lynx annonça aux policiers de garde que Mandrin voguait sur le lac d'Annecy pour prendre la ville, ils refusèrent de le croire. Il fut obligé de montrer l'impact de la balle dans la carrosserie et le fusil de Nez-Creux, pour qu'on veuille bien le prendre au sérieux.

Fantômette ne se trouvait plus là. Dans le volant était coincé un petit billet portant ces mots : *Je rentre par l'autocar.*

Dix minutes plus tard, une vedette bourrée d'hommes armés se dirigeait vers le centre du lac. À la lueur des projecteurs, on découvrit un spectacle extraordinaire. L'armée de Mandrin, enfoncée dans l'eau jusqu'au cou, s'accrochait aux épaves des canots pneumatiques aux trois quarts dégonflés. Piteuse situation s'il en fut ! Trempés comme des poissons, les brigands furent repêchés un par un tandis que leur chef, cramponné à l'épave de son canot, lançait des bordées de jurons et de blasphèmes dignes d'un authentique pirate !

Quand la vedette revint à terre, une foule de gens en pyjama ou chemise de nuit commençait à se masser sur la rive, et ce fut un véritable cortège qui accompagna la bande jusqu'à la préfecture.

Cortège à vrai dire fort peu triomphal, qui n'était pas du tout celui que Mandrin avait prévu...

Œil-de-Lynx, accroché au téléphone, dicta à *France-Flash* le plus sensationnel papier de sa carrière. Vers trois heures du matin, il remonta dans sa voiture et revint à petite vitesse vers Beaurepaire. Quand il se mit au lit, il eut la sensation d'avoir vécu une aventure historique !

Chapitre 15

Françoise se lève tard

« Réveille-toi, Boulotte ! J'ai un rêve mirobolant à te raconter ! »

Ficelle secouait la grosse gourmande qui ouvrit un œil et demanda si le petit déjeuner était prêt.

« Tu petit-déjeuneras quand je t'aurai raconté mon rêve. Figure-toi que j'ai arrêté Mandrin à moi toute seule ! J'étais habillée en marquis du temps de Louis XV, je mettais un pistolet sur le cœur du brigand et je criais : "La bourse ou la vie ! La canne ou le parapluie !" C'est un rêve bizarre, n'est-ce pas ? Ensuite, Mandrin s'écriait : "Ah ! je suis pris ! C'est l'invincible Ficelle qui m'a fait prisonnier !"

— Ensuite ?

— Ensuite, je me trouvais dans un magasin de nouveautés et j'achetais un joli chemisier jaune. Mais je ne crois pas que ça ait un rapport avec Mandrin... »

Les deux filles firent rapidement leur toilette et se rendirent dans la chambre voisine pour réveiller Françoise. Ficelle cria :

« Hé ! Françoise, tu viens déjeuner ? Encore au lit ? Quelle paresseuse, celle-là ! »

Elle secoua la brunette comme elle l'avait fait pour Boulotte. Françoise grogna, se retourna et enfouit sa tête sous l'oreiller.

« Oh ! là ! là ! Quelle dormeuse ! Je n'ai jamais vu une pareille marmotte ! C'est à croire qu'elle a passé la nuit dehors !

— Laisse-la donc, dit Boulotte, et allons prendre notre chocolat. J'ai l'estomac dans les semelles ! »

Elles descendirent à la salle à manger. Œil-de-Lynx s'y trouvait déjà, trempant des croissants dans une tasse et lisant *Le Matin des Alpes.* Ficelle se précipita vers lui.

« Figurez-vous une chose formidable ! J'ai arrêté Mandrin cette nuit !

— Vraiment ? dit le journaliste en souriant. Eh bien, ma chère Ficelle, vous n'êtes pas la seule. Voyez... »

Il lui tendit le journal dont la première page était barrée par un titre énorme :

MANDRIN ARRÊTÉ !

« Oh ! pas possible !... bredouilla Ficelle. C'est inouï !... renversant... J'en suis toute colmatée ! »

L'article débutait ainsi :

Cette nuit, l'armée du nouveau Mandrin a tenté de lancer une attaque sur Annecy pour s'emparer de la ville. Cette attaque a échoué par suite de l'intervention providentielle de la fameuse Fantômette. La jeune justicière a pu se glisser auprès des canots que Mandrin devait utiliser, et les a sabotés en perçant la toile caoutchoutée, puis en bouchant les trous avec une substance pâteuse. Quelques minutes après que les embarcations eurent commencé la traversée du lac, les bouchons pâteux ont fondu au contact de l'eau, les trous débouchés ont laissé échapper l'air, et les canots se sont dégonflés. Pendant ce temps, le journaliste Œil-de-Lynx, qui appartient à l'équipe de notre confrère France-Flash, *a prévenu les autorités qui ont capturé Mandrin et ses complices avec la plus grande facilité. Ce nouvel exploit met une fois de plus en lumière les qualités de l'extraordinaire Fantômette.*

Suivait une série de photos où l'on pouvait voir les bandits pataugeant dans le lac et Mandrin, les

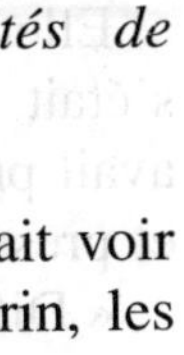

cheveux mouillés pendant sur sa figure, agitant le poing d'un air furieux.

Ficelle se laissa choir sur une chaise.

« Pour une nouvelle, c'est une nouvelle ! Il faut le dire à Françoise !

— Elle dort ! objecta Boulotte.

— Oui, mais cette fois-ci, ça vaut la peine de la réveiller ! »

Elle remonta à l'étage, entra de nouveau dans la chambre de Françoise, l'empoigna par un bras et la secoua comme dix pruniers en hurlant :

« Françoise, Françoise ! Mandrin est arrêté ! Regarde ! C'est sur le journal ! »

Sans prendre la peine de se retourner, Françoise bougonna :

« Oui, oui, je sais ! Pas la peine de faire ce raffut ! »

Stupéfaite, Ficelle ouvrit la bouche en laissant tomber son journal. Puis elle se ressaisit.

« Oui, oui, tu dis ça parce que tu veux que je te laisse dormir ! Bon, eh bien, bonne nuit ! »

Elle revint dans la salle à manger, où Boulotte s'était jetée sur les croissants comme si on l'en avait privée pendant une éternité de trois semaines, et pressa Œil-de-Lynx de questions :

« Dites-moi, comment se fait-il que vous ayez

prévenu la police de ce qui se passait ? Vous étiez donc au courant ?

— Oui. J'ai suivi Mandrin jusqu'au lac, en compagnie de Fantômette.

— Comment ? Elle était avec vous ?

— Oui.

— Racontez-moi tout !

— À quoi bon ? Vous lirez tous les détails dans *France-Flash*. Un peu de confiture ? »

Ficelle médita un moment, puis soupira :

« Dans tout cela, il y a une chose qui m'ennuie. Voilà enterré mon projet d'affiche pour la capture de Mandrin. Je n'ai plus qu'à garder mon collier.

— Et moi, dit Boulotte, à manger mes caramels mous. »

Le journaliste secoua la tête.

« Les caramels, il ne faut pas trop y compter. Fantômette s'en est servi pour boucher les trous qu'elle avait faits dans les canots. »

À cet instant, Françoise apparut, bâillant et se frottant les yeux. Ficelle lui lança ironiquement :

« Bravo ! L'air des Alpes te fait du bien ! Encore huit jours ici, et tu ne sortiras plus de ton lit ! Ma vieille, il s'en est passé, des choses, pendant que tu dormais ! Tu auras tous les détails dans le prochain numéro de *France-Flash*... Ce qui est merveilleux, c'est que nous allons maintenant

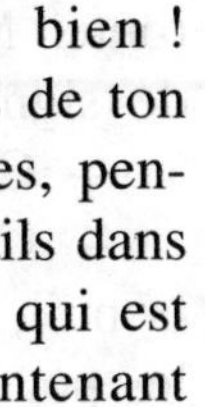

savoir comment Mandrin s'y prenait pour attaquer plusieurs villes en même temps... Ça, c'est une chose qui m'intrigue...

— Je connais déjà la réponse, dit le reporter. La bande de Mandrin était divisée en plusieurs sections. L'une était commandée par le sergent Letondeur, une autre par le caporal Pardessus, une autre par Mandrin lui-même. Il leur est arrivé, à différentes reprises, d'opérer en même temps, mais dans des lieux différents.

— Et le mystère du camion qui avait quitté la route ? Mandrin a-t-il expliqué comment il s'y était pris ?

— Pas encore, mais il le fera sûrement.

— Moi, je sais, dit Françoise qui semblait maintenant réveillée.

— Tu sais ?

— Oui. Ou plutôt, j'ai deviné. D'après les journaux, le tournant était annoncé par un panneau et marqué au moyen de poteaux. De plus, il y avait une ligne jaune au milieu de la route. Mandrin a fait disparaître tout ce système de signalisation.

— Comment ?

— C'est simple. Puisque l'opération avait lieu la nuit, il suffisait de rendre invisibles le panneau, les poteaux et la ligne jaune.

— Oui, mais comment ? En les peignant en noir ?

— Tu as presque trouvé, Ficelle. Non pas en les peignant, mais en les masquant avec des voiles de tissu noir. Le panneau et les poteaux ont été enveloppés quelques instants avant le passage du camion.

— Et la bande jaune ?

— La partie courbe a dû être recouverte avec des cartons noirs. Et par-dessus les cartons, Mandrin a déroulé une bande de tissu jaune, un long ruban en ligne droite qui aboutissait au tournant. Le camionneur a longé cette ligne sans méfiance, et il a quitté la route. Je suis certaine que les choses se sont passées comme cela.

— C'est probable, en effet, dit Œil-de-Lynx. Je puis vous donner un ou deux autres détails qui m'ont été fournis par le sergent Letondeur, juste après son arrestation. Dès qu'il eut décidé de former sa bande, Mandrin attaqua une caserne pour se procurer des armes et des uniformes en grande quantité. Le colonel qui commandait la caserne s'est gardé d'ébruiter l'affaire, et c'est pourquoi les journaux n'en ont pas parlé. Une fois que ses hommes ont été déguisés en soldats, Mandrin s'est installé dans la forêt, à proximité d'un terrain d'essais où manœuvraient de vrais militaires. De

sorte que les habitants de la région voyaient tantôt des soldats, tantôt des brigands, mais ne pouvaient faire la différence. Lorsque Mandrin avait des messages à transmettre, il employait comme agents de liaison des bergers ou des braconniers connaissant bien la montagne et les bois.

— Et sait-on, demanda Ficelle, pourquoi il s'habillait à la mode Louis XV, avec un tricorne et un gilet à boutons dorés ?

— Pour ressembler à celui qu'il considère comme son ancêtre, et faire plus d'impression sur ses hommes. »

Ficelle eut l'air déçue.

« Alors, il n'y a plus de mystère, maintenant ?

— Ma foi, non.

— Il reste tout de même à savoir comment Fantômette a pu être au courant de toute cette affaire. Comment a-t-elle su que Mandrin voulait attaquer Annecy ? »

Françoise eut un geste vague.

« Est-ce que je sais, moi ? Elle s'est débrouillée, voilà tout. Dites donc, il ne reste pas un croissant pour moi ?

— Tu n'avais qu'à te lever plus tôt, sermonna Ficelle, au lieu de dormir comme un loir qui aurait avalé des somnifères ! Tu apprendras que la fortune sourit à celui qui se lève tôt ! C'est Salomon qui l'a dit. Et à la façon dont tu t'y prends, tu n'es pas près de faire fortune.

— Bien, je suivrai tes conseils.

— Voilà enfin une bonne résolution ! Se coucher tôt, se lever tôt, c'est être toujours dispos. Comme ça, si un jour tu dois courir après des brigands, tu seras en pleine forme, ma petite Françoise ! »

Table

1. L'accident ... 7
2. Aventures en perspective ... 13
3. Ficelle est bien armée ... 20
4. Où est Mandrin ? ... 30
5. La théorie de Françoise ... 40
6. Valence ... 49
7. Attaques multiples ... 57
8. Le défi ... 65
9. Comment Œil-de-Lynx fut pendu ... 78
10. Retour à la clairière ... 93
11. Message mystérieux ... 101
12. La caverne aux voleurs ... 110
13. Nez-Creux ... 128
14. Dans le lac ... 134
15. Françoise se lève tard ... 145

Composition *Jouve* — 53100 Mayenne

Imprimé en France par *Partenaires-Livres*®
n° dépôt légal : 47591 - mai 2004
20.20.0665.02/3 ISBN 2-01-200663-9

Loi n° 49-956 du 16 juillet 1949
sur les publications destinées à la jeunesse

Composition ***Jouve*** — 53100 Mayenne

Imprimé en France par ***Partenaires-Livres***®
n° dépôt légal : 47891 - mai 2004
20.20.0663.02/3 - ISBN 2-01-200663-9

Loi n° 49-956 du 16 juillet 1949
sur les publications destinées à la jeunesse